AF188784

Annette G. Krupka

Lebensborn

1 Fall um Katherina Schulz

Impressum

© 2019 Annette Gisela Krupka
2. Auflage Dezember 2020
Herstellung und Verlag: BoD – Books on Demand,
Norderstedt
ISBN 9783748174561

Das Buch:

Warum wurde ihre Großmutter ermordet?
Katherina „Kate" Schulz, Special Agent beim FBI in
Atlanta erhält einen Anruf aus Deutschland von der
dortigen Polizei. Kurzentschlossen fliegt sie nach
Deutschland, in ihre Heimatstadt Plauen, die sie als
15- jährige, gemeinsam mit ihren Eltern, verließ.
Der Mordfall an ihrer Großmutter erweist sich als
rätselhaft, zumal es kein Motiv zu geben scheint. Für
Kate gibt es plötzlich noch ein anderes Rätsel, das
Rätsel über ihre Familie.

Widmung

Für meine Mutti, von ihr habe ich die Fähigkeit vermittelt bekommen Geschichten zu erzählen.

Kapitel 1

Sie lag mit gefesselten Händen auf dem Fußboden. Er war nicht kalt, nein, sie fühlte den hochflorigen Teppich weich an ihrer Wange, warm und wohlriechend. Erstaunlich, nach so einer langen Zeit roch er noch so gut.

Vielleicht lag es auch an der Haushaltshilfe, die sie beschäftigte. Sie hätte ihr ein Kompliment machen sollen, ja, aber dazu war es jetzt zu spät. Zu spät wie zu vielen anderen Dingen, die sie noch hätte regeln sollen.

Sie spürte den Medikamentencocktail in ihrem Blut anfluten. Sie würde sich nicht mehr aus der Fesselung befreien können, selbst wenn sie es wollte.

Nun blieb ihr nur, den Tod abzuwarten, mit Würde, das war es, was ihr in all den Jahren, vierundneunzig Jahre waren es konkret, geholfen hatte, so vieles zu überstehen. Ihre Würde zu bewahren. Contenance hatte ihre Mutter das immer genannt, Haltung in jeder Lebenslage. Und jetzt würde es ihr helfen, hoffentlich, auch das Letzte zu überstehen.

Das Atmen fiel ihr schwerer, da wurde plötzlich ihr Kopf zur Seite gedreht, geradezu behutsam und sie konnte ein wenig freier atmen.

Das tat gut, noch einmal kurz Luft holen. Alles um sie herum verschwamm, sie konnte nichts mehr sehen.

Das Gehör, es war das Letzte, das ein Mensch verlor, das hatte sie gelernt während ihres Studiums.

Seltsam, dass sie sich gerade jetzt daran erinnerte. Sie spürte, wie die Luftnot zurückkam, wie ihr Herzschlag aussetzte, dann wiederkam und dann jagte ihr Puls.

„Herzkammerflimmern", diagnostizierte sie kühl, als sei nicht sie die Betroffene, sondern einer ihrer Patienten.

Im letzten Augenblick, bevor sie ihr Bewusstsein verließ, wollte sie die Fesseln zerreißen, Kraft aufbringen, die nicht mehr vorhanden war.

Dann fiel der Vorhang über ihre Wahrnehmungen und ließ sie sanft in den Tod dämmern.

Kapitel 2

Kate stand neben der schäbigen, flachen Lagerhalle und spähte um die Ecke. Vor genau zwei Minuten war ihr Partner, Special Agent Ben Thomson hinter dem abgeschlagenen, ehemals wohl hellgrauen Metalltor verschwunden, das nur einen Spalt breit geöffnet war. Er hatte einen Tipp bekommen, dass hier der Drogendealer John Lowland einen seiner zahlreichen Unterschlupfmöglichkeiten hatte. Dass er mit Crystal Meth, Heroin und Kokain dealte, interessierte sie nur am Rande, das war Sache der Drogenfahndung, die ihn schon lange auf dem Schirm hatten. Das FBI interessierte Lowland als Mörder des ehrenwerten Richters Cale W. Brown.

Dieser hatte Lowland in einem aufwendigen Indizienprozess vor genau zehn Jahren zu neun Jahren Freiheitsstrafe wegen Totschlages verurteilt, aber auch nur, weil ihm ein Mord nicht nachzuweisen war. Und jetzt war Richter Brown tot, erschossen vor seinem eigenen Haus, als er abends zurück aus der City in dieses Refugium eleganten Luxus zurückkehrte. Es war eine regelrechte Hinrichtung gewesen, ein Schuss direkt in die Stirn, dabei musste der Richter seinem Mörder Auge in Auge gegenübergestanden haben, als er die Treppe zu seinem Haus hinaufgehen wollte. Es bedurfte keiner großen Fantasie, um zu erkennen, dass diese Hinrichtung Lowlands Handschrift trug, und machte ihn zum meist gesuchtesten Mann im ganzen Bundesstaat Georgia.

Da er viele Helfershelfer und zahlreiche Unterschlupfmöglichkeiten hatte und es außerdem glän-
zend verstand, sein Äußeres zu verändern, war es
auch nach zwei Monaten noch nicht gelungen ihn
dingfest zu machen.

Über eines war man sich beim FBI, der diesen Fall
bearbeitete, jedoch im Klaren. Er hatte den Bundesstaat nicht verlassen, zu groß war sein Netzwerk und
zu lukrativ, um es durch Abwesenheit aufs Spiel zu
setzen. Denn natürlich lauerten andere Dealer, um
dieses Filetstück Atlanta zu übernehmen.

Und jetzt schien sich ein Durchbruch abzuzeichnen.
Auf dem Weg zu einer Recherche hatte Ben einen
Anruf von einem seiner zahllosen Informanten erhal-
ten.

Lowland sollte sich in eben dieser unscheinbaren
Unterkunft aufhalten, vor welcher Kate jetzt stand
und ins Innere lauschte.

Natürlich hätten sie auf ein Spezialeinsatzkommando
warten müssen, aber Ben wollte keine Minute ver-
säumen, aus Angst, Lowland könne Wind von dem
geplanten Zugriff bekommen und verschwinden.

Allen Vorhaltungen Kates zum Trotz hatten sie in
sicherem Abstand zu der Lagerhalle geparkt und
waren im Schutz der dichten Büsche bis zu diesem
Tor gekommen.

Mit Handzeichen hatte Ben ihr gedeutet, an der Ecke
stehenzubleiben, hatte seine Pistole gezogen und
tastete sich nach innen vor. Sie hatten gesehen, dass
die Halle zwar über einen Hinterausgang verfügte,

dieser aber so verstellt war mit alten Autoteilen und Schrott das sich niemand, selbst wenn er so schlank war wie Lowland, hindurchzwängen konnte. Fenster hatte das Gebäude nicht, ebenso wenig wie eine Dachluke.

Also sollte Kate den einzigen Fluchtweg sichern.

Plötzlich erscholl der Schrei eines Habichts.

Kate zuckte zusammen, das war Ben. Er konnte schon immer Greifvögel hervorragend imitieren und der Habicht war ihr gemeinsames Gefahrensignal. Kate riss ihre Smith& Wesson aus dem Halfter und entsicherte sie.

Mit Sicherheit würde Lowland gleich durch das Tor stürmen, aber nichts geschah. Vorsichtig tastete sie sich vor und schob sich schließlich durch den Spalt in das düstere Innere.

Die Halle war groß, aber übersichtlich. Viele Versteckmöglichkeiten gab es hier nicht, logischerweise auch nicht für sie selbst. Dann entdeckte Kate an der linken Seite eine Tür, die zu einem ehemaligen, kleinen Büro zu gehören schien. Dort hatte scheinbar ein kurzer Kampf stattgefunden, denn sie sah Gegenstände auf dem Boden liegen und einen schmalen Streifen hellen Blutes. Und schließlich sah sie Ben, der am Boden kniete. Sein Bein blutete oberhalb des Knies, vielleicht eine Stichwunde.

Neben ihm stand Lowland und hielt ihm eine Sig Sauer an die Schläfe.

„So, Thomson, jetzt kannst du deinem Richter Brown in der Hölle einen schönen Gruß von mir ausrichten.

Wie kann man nur so dumm sein und allein hier hereinspazieren oder ist deine nette Partnerin da draußen, die du warnen wolltest, mit dem Gekrächze eben? Hui, die schnappe ich mir dann, aber ich lege sie erst flach ehe ich sie hinter dir her …"

Da sich Kate fest an die Wand gepresst hatte, schien Lowland sie wirklich nicht gesehen zu haben. War er wirklich so selbstgefällig zu glauben, sie würde draußen auf Ben warten und nicht eingreifen? Das war diesem Südstaatenmacho durchaus zuzutrauen. Sie wusste, dass sie nur eine Chance hatte. Wie sie es in unzähligen Schießübungen gelernt hatte, legte sie an und feuerte, dabei rannte sie in die Halle hinein.

Wie hatte ihr Sergeant während der Grundausbildung immer gesagt?

„Sie ziehen keine Waffe und entsichern sie, um dann damit ziellos herumzufuchteln. Sie ziehen und entsichern sie, weil sie den Gegner ausschalten wollen. Also, loslaufen und schießen."

Auf genau diesen Modus hatte Kate jetzt umgeschaltet.

Ben hatte sich nach dem ersten Schuss zur Seite fallen lassen, rollte sich zusammen und presste die Handflächen auf die Ohren. Kate schoss ihr Magazin leer und war beim letzten Schuss bei Lowland angekommen.

Er hielt die Sig Sauer noch in der Hand, aber bereits der erste Schuss hatte ihn direkt zwischen die Augen getroffen, makaberer Weise direkt dort, wo er bei Richter Brown die Waffe aufgesetzt hatte.

Obwohl er tot war, trat Kate ihm die Pistole aus der Hand und beugte sich dann zu Ben.

Dieser nahm langsam die Hände von den Ohren und streckte sich, wobei er das Gesicht schmerzhaft verzog, als er an sein rechtes Bein kam. „Verdammt, das war knapp. Der Kerl hat mir ein Messer in den Oberschenkel gerammt", murmelte er und ließ sich von Kate aufhelfen.

„Du sagst es, es war verdammt knapp."

Kate starrte auf Lowland, der in einer sich immer weiter ausbreitenden Blutlache lag.

Ben sah regungslos auf den Toten und drückte dann Kates Schulter. „Danke, ohne dich wäre ich jetzt…"

Sie unterbrach ihn. „Du hättest nicht allein reingehen sollen und meine Aufgabe wäre es gewesen, dich von diesem irrsinnigen Plan abzubringen. Stattdessen haben wir jetzt einen Toten und eine Untersuchung am Hals."

Ben ließ ihre Schulter nicht los, obwohl er wusste, dass seine Partnerin längeren körperlichen Kontakt nicht besonders schätzte.

„Wir haben einen toten Dealer und Mörder und die Untersuchung geht 100 % zu unseren Gunsten aus. Nochmals danke, Kate."

Sie sah ihn an und lächelte etwas. „Bitte…Partner. Im Übrigen war dein Habichtruf sehr wirksam. "

Dann nahm sie ihr Handy und setzte einen Ruf ab.

In wenigen Minuten würde der ganz große Zirkus hier abgehen, wie sie es zu nennen pflegte.

Kapitel 3

„Wir wollten Ihnen nur noch diese Informationen persönlich überbringen, Ma´am."

Die alte Dame ergriff mit glänzenden Augen seine Hände und drückte sie erstaunlich fest.

„Ich danke ihnen, Special Agent Thomson, das ist außerordentlich nett von ihnen. Ich habe gehört, wie mutig sie in dieser Sache waren."

Special Agent Kate Schulz, die nur drei Schritte neben ihrem Kollegen stand, spannte unwillkürlich leicht die Hände an, die sie locker an beiden Seiten ihrer imaginären Hosennaht hielt.

Die Witwe des ehrenwerten Richters Brown hatte von Anfang an kein Hehl daraus gemacht, dass sie Kate nicht mochte.

Als alte Südstaatenlady hatte sie kein Verständnis dafür, das eine Frau in mittleren Jahren arbeitete, noch dazu in einem Beruf, den Gott mit Sicherheit nur für Männer vorgesehen hatte.

Stattdessen hätte sie sich um Mann und Kinder kümmern sollen, eine Meinung, mit der sich Kate seit Jahren konfrontiert sah.

Ihr Kollege Ben Thomson hatte inzwischen seine Hände elegant aus der Umklammerung befreit und sah die alte Dame so mild lächelnd an, dass es Kate schlecht wurde.

„Verdammter Heuchler", dachte sie.

„Ohne meine Partnerin wäre die Sache nicht so glimpflich für mich ausgegangen, Missis Brown",

15

sagte er, was diese aber ignorierte, ja, sie sah Kate
nicht einmal an.

„Wir schließen sie in unsere Gebete ein."

Bens ungeahnt weiche, dunkle Stimme erfüllte den
Raum und Missis Brown senkte einen Augenblick
den Kopf.

„Ich danke ihnen, Special Agent Thomson"

Er tätschelte ihr vertraulich die schmale, in eine
dunkle Kostümjacke von Chanel gehüllte Schulter
und blinzelte Kate zu.

„Wir müssen uns leider verabschieden", sagte er.

Kate streckte Missis Brown ihre Hand hin, die diese
zögerlich und nur mit spitzen Fingern ergriff.

„Alles Gute für sie, Ma´am." Kate erhielt nur einen
kühlen, reservierten Blick.

„Danke, Special Agent Schulz", sagte Missis Brown
mit so eisiger Stimme, das Ben Thomsens Augenbrauen in die Höhe schnellten.

Die alte Dame wandte sich an eine junge Frau mit
Schürze und Häubchen.

„Bitte bringen sie die beiden Beamten zum Ausgang,
Mary", befahl sie knapp, schenkte Ben ein letztes,
warmes Lächeln und verschwand mit leisen klap-
pernden Absätzen im Flur.

Als sich hinter den beiden Special Agents die beein-
druckende, viktorianische Eingangstür geschlossen
hatte, stieß Kate unwillkürlich die Luft aus.

Ihr Kollege Ben grinste schief und öffnete das Auto.

„Du hättest dir wirklich keinen Zacken aus der Krone
gebrochen", murmelte er und ließ sich auf den Fah-

rersitz gleiten.

Kate schloss ihren Sicherheitsgurt und sah ihn an.

„Ach ja, nun für die Nummer mit den Gebeten bist doch du zuständig", knurrte sie leise.

„Du weißt, es ist den Menschen hier wichtig und ich kann wirklich nichts dafür, wenn sich dieser nette alte Drachen nicht für deinen Part bei der Sache interessiert."

Er sah sie vorwurfsvoll an, dann startete er die Zündung und rollte langsam aus dem imposanten Anwesen heraus auf die schmale Straße, die mit dem Highway verbunden war. Dort beschleunigte er und warf einen Blick auf seine Kollegin, die aus dem Fenster starrte.

„He", sagte er leise und sie wandte den Kopf. „Schon gut, du kannst das halt besser als ich."

Wieder grinste er schief. „Deine Aufklärungsquote liegt dafür deutlich über dem Durchschnitt, Kate, aber mit dem Trösten hast du es nicht so. Dafür bist du ein toller Lebensretter."

Jetzt musste auch sie lachen.

Ihr Kollege Ben stammte aus einer der typisch streng evangelikalen Familien der Ostküste, während sie selbst einer sehr liberalen, katholischen, aber wenig praktizierenden Familie entstammte, die zwar regelmäßig den Sonntagsgottesdienst besuchte, aber nur, weil man es von ihnen erwartete.

Kates Familie war vor dreißig Jahren aus Deutschland nach Amerika eingewandert, sie selbst war damals knapp fünfzehn Jahre alt gewesen und war, zur

Enttäuschung ihrer Familie, nicht Medizinerin geworden, sondern hatte sich nach einem Studium der Kriminalistik und Psychologie beim FBI beworben. Danach hatte sie die Akademie besucht und als Jahrgangsbeste abgeschlossen.

Sie hatte Angebote aus Washington und New York ausgeschlagen und war beim FBI in Atlanta geblieben um in der Nähe ihrer Eltern oder, wenn sie ehrlich war, eher ihres Vaters zu sein, der als renommierter Chirurg am Atlanta Medical Center arbeitete. Von je her hatte sie sich eher zu ihrem offenen und stets gut gelaunten Vater hingezogen gefühlt als zu ihrer strengen, emotional kühlen Mutter.

„Es war wichtig, dass wir der Witwe persönlich gesagt haben, dass der Mörder ihres Mannes überführt wurde", riss Ben Kate aus ihren Gedanken.

„Du meinst, von mir ins Jenseits befördert", murmelte Kate und streckte sich etwas.

Er wandte ihr kurz den Kopf zu.

„Das macht dir doch kein Kopfzerbrechen, oder? Diesem Kerl weint niemand eine Träne nach, nicht mal seine Mutter. Sie war nur traurig, dass jetzt keiner mehr ihren Pflegeplatz bezahlt. Du hast getan, was getan werden musste. Kate, du bist der Held."

Kate lächelte.

„Das sieht aber Missis Brown sicher ganz anders."

Sie sah sein verstohlenes Grinsen.

Ben Thomson war der typische Sonnyboy, groß, gut gebaut, braun gebrannt, mit dichtem, schwarzem Haar, das trotz seinem eben begangenen vierzigsten

Geburtstages, keine weißen Strähnen zeigte.

Er war der typische Pfadfindertyp, der alten Damen über die Straße half und klaglos deren Einkauf in den sechsten Stock hieven würde und er war der Emotionalere von ihnen beiden, der, der bei Verhören immer den „guten Bullen" gab, obwohl Kate wusste, dass Ben auch anders konnte.

Sie selbst war die Rationalere, Strengere von ihnen, was daran lag, dass sie es als Frau von Anfang an nicht leicht in der Truppe gehabt und sich nie eine Schwäche gestattet hatte.

Nur ein einziges Mal war diese Fassade zusammengebrochen, als ihre Eltern 9/11 in einem der Flugzeuge saßen, die in den World Trade-Tower gelenkt worden waren. Als die Fluglinie die Anwesenheit ihrer Eltern an Bord bestätigt hatten, war Kate mitten in der Behörde zusammengebrochen und in ihrer Trauer völlig erstarrt.

Ihr Chief, Superspecial Agent Wolter Fisher, der nie begeistert gewesen war von Kates Anwesenheit in „seiner" Männerdomäne, hatte umgehend alle Informationen eingeholt, an die mit Sicherheit niemand anderes herangekommen wäre, um 100 % Gewissheit zu haben, ob wirklich Kates Eltern tot waren und danach alles für eine würdige Beerdigung organisiert.

Er hatte jedes Mitglied der Truppe kurz und klar aufgefordert, Kate beizustehen und sie war bis zur Beerdigung ihrer Eltern keine Sekunde allein gewesen.

Zur Beisetzung selbst waren sie alle erschienen, ihre engsten Kollegen hatten die Särge ihrer Eltern getragen, die, wie auch Kate wusste, leer waren, denn man hatte nichts mehr, was man hätte beerdigen können. Auch danach waren alle für sie da gewesen, der Chief hatte sehr diskret eine Psychologin kommen lassen, die einschätzen sollte, wann Kate wieder dienstbereit sein würde.

Das Auto bremste und Kate schreckte hoch, als Ben in die Tiefgarage fuhr und an seinem angestammten Platz parkte. Schweigend stiegen sie aus und liefen zum Fahrstuhl.

„Ich glaube, der Chief will uns ein bisschen aus der Schusslinie haben und wird uns nach Florida schicken, diese beiden Touristenmorde scheinen ihm Bauchschmerzen zu bereiten", sagte sie und sah Ben an, der den Fahrstuhl als erster betrat.

„Klingt gut, ich wollte schon lange Mal wieder ans Meer und surfen."

„Das lasse ihn bloß nicht hören."

Kate strich ihr halblanges, dunkelblondes Haar zurück und sie betraten die Büroetage, wo sich auch ihre Büros befanden.

Loreen Ross, die Sekretärin, steckte ihren rot gefärbten Wuschelkopf über den Tresen und sah Kate an.

„Ich habe ein Gespräch in der Leitung. Aus Deutschland." Sie sah auf ihre Notiz. „Plauen, es ist die dortige Polizei."

Kate runzelte die Stirn und deutete auf ihr Büro. „Eine Sekunde."

In ihrem Büro legte sie ihren Blazer und ihre Waffe ab und nahm den Hörer.

„Spezial Agent Kate Schulz", meldete sie sich.

„My Name ist Mike Köhler, I´ m…"

„Sie können Deutsch mit mir sprechen", unterbrach Kate den Anrufer und hörte wie dieser leise, scheinbar erleichtert seufzte.

„Danke. Special Agent Schulz, mein Name ist Hauptkommissar Mike Köhler. Es geht um Frau Clara Voigt."

Kate ließ sich langsam in ihren Schreibtischsessel gleiten und schluckte.

„Ja", sagte sie leise.

„Ist Frau Voigt mit ihnen verwandt, Special Agent?"

Kate nickte, wurde sich aber bewusst, dass ihr Gegenüber sie nicht sehen konnte.

„Ja, Frau Voigt ist meine Großmutter mütterlicherseits. Ist etwas passiert?"

Natürlich. Im gleichen Moment war ihr klar, dass sonst die deutsche Kriminalpolizei wohl kaum bei ihr anrufen würde.

„Es tut mir leid, aber ihre Großmutter wurde gestern tot von einer Mitarbeiterin des Pflegedienstes in ihrem Haus aufgefunden."

Dass ihre Großmutter seit einem knappen Jahr einen Pflegedienst hatte, wusste Kate aus den wenigen Anrufen, mit denen sie losen Kontakt hielten.

Die alte Dame war mit ihren 94 Jahren noch recht fit, benötigte nach einer Thrombose aber Hilfe beim Anziehen der Kompressionsstrümpfe und durch eine Verschlechterung ihrer Sehfähigkeit auch bei der Insulingabe. Daher hatte sie einen Pflegedienst engagiert.

„Warum beschäftigt sich die Kriminalpolizei damit?", fragte Kate mit fester Stimme.

„Es deutet nach erster Spurenlage alles auf ein Gewaltverbrechen hin. Der Staatsanwalt hat eine Autopsie veranlasst."

Kate atmete tief ein. Langsam ließ sie die Luft wieder entweichen. „Gut, ich komme, so schnell ich kann."

„Wenn sie wollen, sonst könnten wir auch…"

„Nein, ich muss alles regeln. Ich bin ihre einzige Verwandte, ich melde mich bei ihnen, Hauptkommissar Köhler."

Sie gab ihm noch ihre persönliche Mobilnummer und legte auf.

Sie hatte zu ihrer Großmutter keine sehr enge Bindung gehabt. Als sie noch in Deutschland lebten, war sie immer sehr respekteinflößend gewesen, groß, schlank, das Haar stets zu einer Hochfrisur aufgesteckt, hatte sie nichts mit einer kuscheligen „Bilderbuchomi" gemein, die sie sicher auch nicht sein wollte.

Als angesehene Ärztin hatte sie nie viel Zeit für ihre Familie und mit einem Schaudern erinnerte sich Kate an die endlosen Weihnachtsabende, die sie gemeinsam gefeiert hatten, obwohl gefeiert nicht das richtige Wort war, denn feiern hatte wohl etwas mit Spaß zu tun und den gab es definitiv nicht im Hause Voigt.

Nach ihrer Auswanderung nach Amerika hatte sie ihre Großmutter nicht mehr gesehen, bis zur Beerdigung ihrer Eltern. Aber auch da hatte es keine Umarmung, keine Nähe gegeben, vielleicht auch deshalb, weil ihre Großmutter Kate wohl nie verziehen hatte, dass sie die Kriminalistik der Medizin vorgezogen hatte.

Seltsamerweise fühlte Kate sich jetzt verlassen, trotz allem war sie ihre einzig noch lebende Verwandte gewesen.

Langsam erhob sie sich und ging nach draußen.

Loreen hob ihren Wuschelkopf und wollte etwas sagen, stockte dann und sah Kate alarmiert an.

„Alles okay?", fragte sie vorsichtig.

Kate nickte. „Ja, ist der Chief frei?"

Loreen schaute auf ihre Telefonanlage und nickte. „Es ist niemand drin und er telefoniert auch nicht."

Kate klopfte an die massive Eichentür und trat nach einem harschen „Herein" ein.

Superspecial Agent Wolter Fisher war ein ehemaliger Marine, groß und athletisch gebaut, das Haar so kurz, dass man die Kopfhaut sah. Er saß hinter einem Schreibtisch, der zu seiner Statur passte, aber man sah ihm an, dass er gern draußen auf der Straße gewesen wäre, ermitteln, so wie früher.

Dass er zu diesem „Schreibtischjob" verdonnert worden war, wie er es selbst bezeichnete, sah er als Strafe dafür, was er jemals an Fehlern in seiner aktiven Dienstzeit begangen hatte, davon war er überzeugt. Als Beförderung hatte er es nie empfunden.

Kate schätzte ihn als Chef, auch wenn sie seine Vorbehalte ihr gegenüber kannte. Es ging nicht um sie, sondern um ihr Geschlecht, das wusste sie, auch wenn er es nie aussprechen würde.

Jetzt hob er den Blick. „Schulz, was ist?"

Diese straffte die Schultern.

„Ich hatte eben einen Anruf aus Deutschland, Sir, meine Großmutter, sie wurde wahrscheinlich Opfer eines Verbrechens."

Einige Sekunden war es still in dem großen Büro, dann quietschte der Stuhl hinter dem wuchtigen Schreibtisch und der Chief erhob sich. Er stellte sich vor Kate und sah sie eindringlich an.

„Was kann ich für sie tun, Schulz?", fragte er mit sanfter Stimme, die sie schmerzhaft an den Tod ihrer Eltern erinnerte.

Gott, er musste wirklich denken, alle Katastrophen dieser Welt fanden in ihrer Familie statt.

„Ich würde gern meinen Urlaub nehmen, Sir und alles drüben regeln. Ich, ähm, es gibt weiter keine Verwandten."

„Natürlich, selbstverständlich fliegen sie", beeilte sich der Chief zu sagen.

Dann legte er ihr seine große, behaarte Rechte auf die

Schulter.

„Vielleicht ist es gut so, dass sie für eine Weile aus Atlanta weg sind. Wir wissen nicht, ob Lowlands Leute nicht doch eine Racheaktion gegen sie planen, zumal sie in allen Medien zu sehen waren."

Er räusperte sich.

„Ich werde für sie beten", sagte er dann leise und seltsamerweise fand Kate das sehr beruhigend.

Kate hatte das repräsentative Haus ihrer Eltern nach deren Tod verkauft und wohnte in einem Loft mit Blick auf die Peachtree Street.

Einige der Möbel aus ihrem Elternhaus hatte sie mitgenommen. Den Schreibtisch ihres Vaters und seine Pfeifensammlung, an der er so gehangen hatte. Sonst war alles sehr praktisch und modern eingerichtet.

Es gab wenige persönliche Dinge, die irgendwo platziert waren, sah man von einem Bild ab, das gerahmt auf dem Sideboard stand. Es zeigte sie mit ihren Eltern, kurz nach ihrer Ankunft in den Staaten im Disneyland Kalifornien.

Sie stand eng an ihren Vater gelehnt, ihre Mutter mit etwas Abstand daneben.

Kate betrat ihren begehbaren Kleiderschrank und wählte ihren kleinsten Koffer aus. Nur Handgepäck, sie hatte nicht vor, lange in Deutschland zu bleiben.

Sie entschied sich für einen dunklen Hosenanzug, Jeans und Bluse für den Flug und ihre Laufsachen. Alles andere konnte sie sich im Notfall kaufen.

Nach einem kurzen Wettercheck stellte sie fest, dass es in Deutschland wohl um einiges kälter war als in Atlanta und warf noch eine dünne Jacke in den Koffer.

Dann schloss sie ihre Dienstwaffe in den Tresor ein und hielt ihre FBI Dienstmarke und auch den Ausweis in der Hand. Schon wollte sie beides auch in den Tresor legen, aber dann überlegte es sie sich anders. Auch wenn sie nicht dienstlich unterwegs und es halb illegal war, ihre Marke hatte ihr schon manche

Tür geöffnet und das war sicher auch in Deutschland nicht anders.

Also steckte sie beides wieder in die Tasche ihrer Jeans.

Bevor sie die Wohnung verließ, schaute sie sich nochmals um. Die Hausverwaltung hatte einen Schlüssel und in ihrer Abwesenheit würde die Wohnung genauso gereinigt werden, wie dies geschah, wenn sie da wäre.

Kapitel 4

Loreen, die Sekretärin, hatte ihr noch einen Platz in der Abendmaschine nach München sichern können. Als Kate auf dem Atlanta Airport eintraf, sah sie zu ihrem Erstaunen Ben am Gate stehen. Er trat auf sie zu und nahm ihr das Handgepäck ab.

„Komm, setzen wir uns dort rüber."

Er deutete auf ein Café im italienischen Stil und orderte zwei Espresso. Schweigend warteten sie, bis der junge Mann den Espresso in einer riesigen, edelstahlfunkelnden Maschine zubereitete und ihn servierte.

Der Duft war unbeschreiblich gut und Kate schloss genießerisch die Augen und trank.

Dann sah sie Ben an, der ihren Blick stirnrunzelnd erwiderte.

„Was?", fragte sie und sah, dass sich sein Körper anspannte.

„Kate, ich bin dein Partner und ich dachte, wir zwei verstehen uns gut. Und jetzt verschwindest du sang- und klanglos und hältst es nicht einmal für nötig es mir mitzuteilen?"

Sie schluckte und stellte die winzige Espressotasse zurück auf den Marmortresen.

„Entschuldige, meine Großmutter…"

Er hob abwehrend die Hand. „Ich weiß. Und das tut mir furchtbar leid für dich und es ist selbstverständlich, dass du nach Deutschland fliegen und deine Angelegenheiten regeln musst, aber warum muss ich das von Loreen erfahren?"

Kate setzte sich etwas weiter zurück.

„Tut mir leid, du hast recht. Ich hätte dich anrufen sollen. Aber, dass ich schon den Chief wieder um etwas bitten musste, weil in meiner Familie eine Katastrophe passiert ist, das hat mich wirklich fertig gemacht."

Als sie sah, dass er seine Stirn in Falten legte, sah sie sich genötigt ihre Ausführungen zu ergänzten.

„Die Kriminalpolizei in Deutschland vermutet, dass meine Großmutter umgebracht wurde."

Ben ergriff ihre Hand und drückte sie sanft.

Kate sah die gepflegte, aber männliche Hand, die sich um die ihre geschlossen hatte. „Nein, er hat wirklich kein Problem mit Nähe, im Gegensatz zu mir", dachte sie mit dem Anflug eines wehmütigen Lächelns.

„Es tut mir leid und auch das ich sauer auf dich war. Du hast jetzt wirklich andere Probleme."

Er zog seine Hand zurück und nickte in Richtung Anzeige. „Boarding für dich."

Ben nahm ihr Handgepäck auf und führte sie bis zum Schalter.

„Der typische Pfadfinder", dachte sie und nahm ihm den Koffer ab.

„Also dann", sagte sie etwas hilflos und war trotzdem schockiert, als Ben sie in die Arme nahm.

„Mach`s gut, Partnerin."

„Danke", murmelte Kate an seiner Schulter und verfluchte sich innerlich für ihre Sentimentalität. Wenn er jetzt nicht gehen würde, würden ihr definitiv die Tränen kommen.

Ben schien es zu spüren. Er entließ sie aus der Umarmung und gab ihr einen kollegialen Klaps auf die Schulter.

„Bis bald." Er hob noch einmal die Hand und verschwand in der Menschenmenge.

Kate atmete tief durch und ging an Bord des Airbus. Trotz der Annehmlichkeiten der Businessclass fand Kate keine Ruhe, was ungewöhnlich für sie war, denn schon an der FBI Akademie hatte sie die Angewohnheit angenommen, jede sich bietende Möglichkeit zu nutzen, um zu schlafen.

Das hatte auch immer funktioniert, auch in stressigen Situationen. Aber ausgerechnet jetzt versagte ihr der Körper den Gehorsam.

Aufgewühlt wie sie war, versuchte sie es abwechselnd mit Lesen, arbeiten an ihrem Laptop oder der Nutzung des bordeigenen Entertainmentcenters.

Alles erfolglos.

Lustlos nahm sie das appetitlich angerichtete Essen entgegen und schickte über die Hälfte wieder zurück.

Völlig zerschlagen verließ sie in München die Maschine.

Loreen hatte natürlich auch ein Auto für sie vorbestellt, dass sie am SIXT Schalter entgegennehmen konnte, aber Kate war zu vernünftig, um nach über 48 Stunden Schlafentzug eine ihr unbekannte Strecke zu fahren.

Erst dachte sie daran, hier in München ein Hotelzimmer zu nehmen und dann ausgeschlafen am nächsten Tag nach Plauen zu fahren.

Aber die Unruhe, die sie die ganze Zeit begleitete, sagte ihr, dass sie auch hier keine Ruhe finden würde. Sie musste nach Plauen, und zwar so schnell wie möglich.

An einem der Schalter ließ sie sich eine günstige Zugverbindung heraussuchen und cancelte ihr Leasingauto. Dann verließ sie das Flughafengebäude und schauerte. Mein Gott, war das kalt.

Sie zog ihre Jacke über und winkte ein Taxi heran.

„Zum Bahnhof bitte."

Erst als der Taxifahrer anfuhr, fiel ihr ein, dass sie keine Euros getauscht hatte, da sie es gewohnt war, alles per Kreditkarte zu zahlen, wie auch das Zugticket.

Sie sah zu dem Fahrer nach vorn, auf dessen Armaturenbrett eine türkische Flagge klebte.

„Nehmen sie auch Dollars?", fragte sie und er nickte. Dann deutete er auf ein kleines Kästchen.

„Sie können auch mit Kreditkarte zahlen", sagte er mit einem Lächeln, als habe er ihre Gedanken gelesen.

Kate lehnte sich zurück und sah aus dem Fenster. Es hatte zu nieseln begonnen und alles wirkte grau und deprimierend.

Sie war froh, als sie endlich den Bahnhof erreicht hatten und ihr Zug einfuhr. Sie suchte die erste Klasse, wurde aber nicht fündig. Als sie einen uniformierten Bahnangestellten fragte, grinste dieser etwas verlegen.

„Wir haben dieses Mal keinen Erste-Klasse-Wagen,

also hat meine Kollegin etwas improvisiert."

Er ging voran und deutete auf einen Wagen, der scheinbar aus der Zeit gefallen war. Als er höflich Kate deren Handgepäck abnahm, kletterte sie die schmalen Eisentritte hinauf und lächelte, als sie die Ausstattung sah.

Grüne Kunstlederpolster, ein Tisch mit Holzfurnierplatte und Fenster, die man im oberen Teil kippen konnte.

„Ich hoffe, es ist okay?", fragte der Schaffner und stellte ihren Koffer ab.

Kate nickte. „Es sieht noch genau so aus, wie vor 30 Jahren. Da bin ich das letzte Mal mit der Deutschen Bahn gefahren."

Der Schaffner schaute sie etwas pikiert an.

„Normalerweise hat sich schon etwas geändert an Ausstattung und Technik", sagte er mit bayrisch geprägtem Akzent.

„Es ist alles gut."

Kate setzte sich und war erstaunt, wie bequem der Sitz war. Sie war allein in dem Abteil und kaum war der Zug angefahren, überfiel sie eine bleierne Müdigkeit. Sie legte sich ihre Jacke unter den Kopf und schloss die Augen.

„Hallo, junge Frau. Wir sind in Hof, der Zug endet hier und ihr Anschlusszug steht gegenüber."

Kate wurde abrupt aus ihrem Schlaf gerissen und starrte den Schaffner eine Weile konfus an.

Dann verstand sie und rieb sich kurz über die Augen. Ein Blick auf ihre Uhr sagte ihr, dass sie drei Stunden tief und fest geschlafen hatte.

Sie bedankte sich, nahm ihren Koffer und sprintete nach draußen. Der Schaffner hatte recht, gegenüber stand die Vogtlandbahn zur Abfahrt bereit.

In letzter Minute sprang Kate hinein und zog ihren Koffer durch den Gang. Der Zug war nahezu leer und sie brauchte eine Weile, um munter zu werden. Ein Kaffee wäre jetzt nicht schlecht gewesen, aber es sah nicht so aus, als würde sie hier einen bekommen. Sie ging zur Toilette und machte sich mehr schlecht als recht etwas frisch. Es wurde Zeit das sie ins Hotel, Loreen, das Organisationsgenie hatte natürlich auch dies vorbestellt, und unter eine Dusche kam.

Als sie sich schließlich wieder auf ihrem Platz eingerichtet hatte, sagte ihr die Uhr, dass sie bald in Plauen sein musste.

Interessiert sah sie aus dem Fenster. Würde sie noch etwas wiedererkennen nach all den Jahren?

Da, sie sah die Windmühle und erinnerte sich plötzlich an einen Schulausflug.

Sie waren zur Windmühle gelaufen und anschließend in der Drachenhöhle Syrau gewesen. Seltsam, plötzlich war alles wieder da, sie konnte sich sogar an einige Namen ihrer Mitschüler erinnern.

Dann kam die Durchsage, dass der Zug in Kürze in Plauen halten würde.

Als Kate den Zug verließ, schaute sie sich um. Sie erkannte alles wieder, den Bahnsteig, die Treppe.

Sie sog die Luft ein und glaubte, selbst den Geruch von damals zu erkennen. Unwahrscheinlich sagte sie sich und musste unwillkürlich lächeln.

Dann stieg sie die Stufen hinab in die Bahnhofshalle. Es war irgendwie seltsam, nach so langer Zeit hier anzukommen und das Gefühl zu haben, als sei nur eine ganz kurze Zeit vergangen.

Hier war alles noch so wie vor 30 Jahren.

Dann nahm sie einen Geruch wahr, ja, dieses Mal war es wirklich ein altbekannter Geruch, der irgendwo aus ihrem olfaktorischen Gedächtnis zu kommen schien und sie genau an diesen Bahnhof erinnerte.

Prompt begann ihr Magen wie auf Kommando zu knurren.

Es roch eindeutig nach Bockwurst. Hier hatte es immer die beste BOWU der Stadt gegeben, jetzt erinnerte sie sich sogar an diese Redewendung.

Seltsam, der Kiosk war noch an der gleichen Stelle, einige Männer standen davor und tranken Bier.

Eine füllige Mittfünfzigerin wuselte hinter der Theke umher. „Gerald, noch `n Bier?", rief sie einem der Männer zu.

Dieser nickte und ein zweiter Mann hob die Hand. „Du nicht, mein Freund. Zahl erst mal deine Schulden", setzte sie nach.

Dem anderen reichte sie das Bier hinüber und sah

Kate an. „Und, junge Frau, was darf's sein?"

Kate kramte ihn ihrer Tasche. „Nehmen sie auch US-Dollar? Ich habe noch nichts getauscht."

Die Frau musterte sie. „Sie sind Amerikanerin?", fragte sie skeptisch und Kate spürte die Blicke der drei Männer am Stehtisch hinter ihr.

„Ja, aber in Plauen geboren und aufgewachsen und als ich jetzt ankam, habe ich die Bowu gerochen und mich erinnert, dass es hier mal die Beste der Stadt gab."

Das Gesicht der Frau erhellte sich und sie brach in ein heiseres Lachen aus.

„Sie sind wirklich von hier. Aber klar doch."

Sie nahm mit einer Zange eine Bockwurst aus dem Topf, legte sie neben eine Semmel auf einen Pappteller und spritzte aus einer Flasche etwas Senf dazu.

„Noch was?", fragte sie und Kate deutete auf eine Cola light. Dann legte sie einen Zehndollarschein auf die Glasplatte. „Ich denke, das reicht."

Die Frau schüttelte den Kopf. „Das ist zu viel."

Kate winkte ab. „Nein, ist schon okay."

Dann stellte sie sich an den noch freien Tisch und biss in die Bockwurst. Was auch immer sie erwartet hatte, sie schmeckte gut, vielleicht auch, weil sie hungrig war.

Als sie fertig war, warf sie den Pappuntersetzer in einen Papierkorb und trank die Cola aus.

„Wie komme ich zum Hotel Alexandra?", fragte sie die Frau, die noch immer geschäftig hin- und her räumte.

„Sie können mit dem Taxi oder mit der Straßenbahn fahren."

Sie griff in eine Schublade und gab Kate einen Straßenbahnfahrschein.

„Steigen sie gleich hier draußen ein und fahren sie bis zum Tunnel. Dann laufen sie die paar Meter zurück in die Bahnhofstraße, ist nicht zu verfehlen."

Kate bedankte sich und trat ins Freie.

Hier war die Luft nicht so kalt wie in München, im Gegenteil, die Sonne brach eben zwischen den Wolken hervor und schien warm auf ihr Gesicht.

Sie ging zur Straßenbahnhaltestelle und fünf Minuten später fuhr eine Straßenbahn ein. Während die Bahn langsam anfuhr, versuchte sich Kate zu orientieren.

Es gab Punkte, die sie wiederzuerkennen glaubte, aber das war zu verschwommen.

Auch als die Haltestelle Tunnel angesagt wurde und sie ausstieg, sah sie sich etwas desorientiert um. Sie erkannte den Rathausturm mit der Uhr, aber das klobige Einkaufszentrum gab es sicher erst seit ein paar Jahren.

Gut, die Bahnhofstraße war erkennbar, hier rechts war das Warenhaus gewesen, scheinbar hatte es geschlossen.

Sie ging ein paar Meter bergan, links war das Postamt gewesen, daran erinnerte nur noch die Fassade. Im Untergeschoss war ein Laden untergebracht. Sie hielt inne und versuchte wieder in ihrer Erinnerungskiste zu kramen.

Nein, diese Fassade war ihr unbekannt, aber der

Name -*Kolonnaden*- sagte ihr etwas. Nur waren das damals kleine Häuschen gewesen, hier hatte sie gemeinsam mit ihren Freunden Lizenzschallplatten erstanden, stundenlang hatten sie damals dafür angestanden.

Dann las sie den Hinweis auf das Hotel. Noch immer in Erinnerungen versunken betrat sie das Foyer und wurde an der Rezeption auserlesen freundlich und in guter englischer Sprache begrüßt. Nachdem die Formalitäten geklärt waren, fuhr sie hinauf in den ersten Stock.

Ihr Zimmer war geräumig und mit Blick nach vorn auf die Bahnhofstraße. Kate duschte sich und beschloss noch etwas zu laufen, um dann vielleicht müde genug zu sein, um zu schlafen und einem Jetlag vorzubeugen.

Sie zog ihre Laufsachen an, nahm ihr iPhone und ging an die Rezeption. Dort ließ sie sich eine Laufstrecke beschreiben und trabte los.

Schnell fand sie ihren Rhythmus und lief in Richtung Stadtpark und Syratal, einige dieser Orte erkannte sie wieder, anderes war ihr gänzlich unbekannt. Nach knapp zehn Kilometern war sie nach etwas über einer Stunde wieder im Hotel, duschte sich und ließ sich einen Chefsalat auf ihr Zimmer bringen. Das Laufen hatte ihren Kopf freigemacht, sie fühlte sich entspannter und angenehm müde.

Nachdem sie noch die Nachrichten auf CNN angeschaut hatte, ließ sie sich in die Kissen sinken und schlief sofort ein.

Dass sie durchgeschlafen hatte, erstaunte sie, als sie nach 7.00 Uhr deutscher Zeit auf ihre Uhr sah. Sie fühlte sich gut, erholt und bereit das Unabänderliche in Angriff zu nehmen.

Auf ihrem iPhone fand sie eine WhatsApp Nachricht von Ben, der sie fragte, ob sie gut angekommen sei. Mit einem Lächeln beantwortete sie die Nachricht und war sich plötzlich wieder einmal klar, dass sie die Truppe als ihren Familienersatz sah.

Sie beschloss, sich das Frühstück auf das Zimmer bringen zu lassen, weil sie einfach noch keine Lust auf irgendeine Form von Gesellschaft hatte.

Da sie in den letzten Jahren allein gelebt hatte, war sie es gewöhnt ihre Mahlzeiten auch allein einzunehmen, von gelegentlichen Verabredungen zum Lunch oder Dinner abgesehen, und sie genoss diese Tatsache.

Morgens schon irgendeine Form der Konversation betreiben zu müssen wäre ihr ein Graus.

An der Rezeption erhielt sie die freundliche Auskunft, wie sie am besten zur Polizei kommen konnte und Kate entschied sich für einen Spaziergang an der frischen Luft, die sich jetzt erwärmte, da ab und zu die Sonne durch die Wolken brach.

Auch heute war sie erstaunt, wie viele Eckpunkte der Stadt sie noch verinnerlicht hatte, sie konnte sich sehr gut orientieren an der Lutherkirche, dem Rathaus und ein paar kleinen Häusern, an denen sie damals auf ihrem Schulweg vorbeigekommen war.

Als sie das Polizeirevier erreichte, stellte sie fest, dass

es sich kaum verändert hatte. Es war noch immer in dem Gebäude untergebracht, dass früher ein Lehrerseminar gewesen war.

Sie ging die Stufen hinan und in der Eingangshalle saß eine uniformierte Frau mittleren Alters hinter einem PC.

Als Kate nähertrat, hob sie den Kopf und sah sie mit einem ernsten Gesicht an.

„Bitte?", fragte sie.

„Ich möchte zu Hauptkommissar Mike Köhler."

Die Frau deutete mit einem Kugelschreiber auf ein paar Plastikstühle an der gegenüberliegenden Wand.

„Nehmen sie bitte Platz."

Kate kam der Aufforderung nach, nahm Platz und beobachtete das Kommen und Gehen von uniformierten Polizisten und Zivilangestellten. Ein Mann, der kurz nach ihr gekommen war, wurde ebenfalls aufgefordert Platz zu nehmen und saß nun, die Hände gefaltet wie zum Gebet, neben Kate.

Diese beobachtete die Frau, die telefonierte und schrieb, aber keinen Blick für ihre beiden Kunden hatte.

Nach einer halben Stunde wurde es Kate zu viel.

Der Mann saß noch immer regungslos, aber sie stand auf und trat wieder an den Tresen.

„Ich warte jetzt eine halbe Stunde, ist Hauptkommissar Köhler nun zu sprechen oder nicht?"

Die Frau hob leicht den Kopf und musterte Kate wie ein ungezogenes und uneinsichtiges Kind.

„Nehmen sie bitte wieder Platz. Er wird kommen,

wenn er Zeit für sie hat", erwiderte sie in einem Tonfall, der Kate reizte.

Sie riss ihre FBI Marke aus der Tasche ihrer Jeans und hielt sie der Frau vor die Augen.

„Mein Name ist Special Agent Kate Schulz und Hauptkommissar Köhler erwartet mich."

Völlig unbeeindruckt sah die Frau die Marke an.

„FBI, na klar."

Kate nahm ihren Ausweis und knallte ihn auf den Tisch.

Jetzt sah die Frau auf Marke und Ausweis und scheinbar wurde ihr klar, dass dies kein Gag war.

„Das wusste ich nicht", sagte sie ruhig, obwohl Kate ein leichtes Zittern in ihrer Stimme hörte.

Es war also doch eine gute Idee gewesen, Ausweis und Dienstmarke einzustecken.

Kate trat einen Schritt zur Seite. Sie hörte die Frau leise telefonieren, und keine fünf Minuten später trat ein großer, dunkelhaariger Mann, zirka Ende 30, an den Tresen.

Die Frau deutete zu Kate und er näherte sich ihr.

„Special Agent Schulz?", fragte er und hielt ihr die Hand hin.

Sie ergriff sie und sagte: „Kate, nennen sie mich bitte Kate."

Er nickte. „Danke, ich bin Mike. Kommen sie bitte."

Er deutete auf eine Treppe und ging voran.

Als sie in einem langen Gang angekommen waren, wandte er sich um und Kate sah ein Funkeln in seinen braunen Augen.

„Sie haben ja Kriminalmeisterin Anders einen schönen Schreck eingejagt."

Kate lächelte. „Sie hat mich eine halbe Stunde warten lassen und es war kein Ende abzusehen. Da musste ich die Sache etwas beschleunigen."

„Ja, Kundennähe zählt nicht zu ihren Stärken, aber ich muss zu ihrem Schutz sagen, hier treiben sich oft die bizarrsten Typen mit den unmöglichsten Anliegen herum."

Er schien zu wissen, dass er mit einer Kollegin sprach und dass es dieses Problem überall auf der Welt gab. Ihr Nicken bestätigte es ihm.

Er öffnete eine Zimmertür und bat sie einzutreten.

Es war ein kleines, steriles Büro mit einem Schreibtisch, Computer und einem einfachen Holztisch in der Ecke, auf dem ein paar Kaffeetöpfe standen und eine Kaffeemaschine.

Zwei nicht sehr bequem aussehende Holzstühle ohne Polsterung standen am Tisch und der Hauptkommissar bot Kate einen der Plätze an, nahm, nachdem sie Platz genommen hatte, ebenfalls ihr gegenüber Platz und deutete auf die Kaffeemaschine.

Obwohl Kate wusste, dass man in Polizeirevieren keinen Kaffee trinken sollte, da dieser in der Regel höllisch stark, kalt und nach billigen Bohnen schmeckte, nickte sie.

Er erhob sich, schenkte ihr und sich einen Kaffeetopf voll ein und stellte ihr den ihren, gemeinsam mit Milch und Würfelzucker, hin. Kate schob den Zucker von sich , nahm nur etwas Milch und registrierte, dass der Hauptkommissar seinen Kaffee schwarz trank.

Der Kaffee schmeckte überraschend vollmundig.

Der Hauptkommissar wusste Kates Blick zu deuten und nickte. „Er ist gut, nicht wahr? Ich beziehe ihn aus einer kleinen Kaffeerösterei, die ich nur empfehlen kann."

Dann wurde er ernst.

„Ich möchte ihnen noch mein Beileid aussprechen."

Als Kate nichts sagte, ergänzte er: „Sie können das Haus ihrer Großmutter wieder betreten, die Spurensicherung ist durch."

Kate setzte den Kaffeetopf ab und lehnte sich leicht zurück.

„Was ist genau passiert?"

Mike Köhler wusste, dass er eine Kollegin vor sich sitzen hatte, aber sie war auch eine Betroffene.

Kate schien zu spüren, was ihn bewegte.

„Hören sie Mike, die Bindung zu meiner Großmutter war nicht so eng. Wir haben uns in den letzten dreißig Jahren nur zur Beerdigung meiner Eltern gesehen, sonst gab es einen monatlichen Pflichtanruf. Das war es."

Er nickte etwas.

„Also, die Schwester vom Pflegedienst kam am Abend wie vereinbart gegen 19.00 Uhr zur letzten Spritze am Tag. Ihre Großmutter hat immer selbst geöffnet, der Pflegedienst hat keinen Schlüssel. Aber an diesem Abend machte sie nicht auf. Die junge Schwester hat im Pflegedienst angerufen, ob vielleicht eine Nachricht da wäre, dass sie ausgegangen ist oder so etwas, aber nichts. Die Schwester…"

Mike erhob sich, griff auf seinen Schreibtisch und nahm einen Computerausdruck zu Hand.

„Nicole. Sie wusste, dass eine Nachbarin, die einmal selbst OP- Schwester war, und zwar bei ihrer Großmutter, einen Schlüssel besaß. Sie hat bei ihr geklingelt und sie sind gemeinsam ins Haus gegangen. Frau Voigt lag im Wohnzimmer und war tot. Schwester Nicole fiel auf, dass Einiges im Wohnzimmer verändert waren. Dinge standen an einem anderen Platz. Die junge Frau sagte uns wörtlich, Frau Voigt sei ganz pedantisch gewesen und alles habe immer am gleichen Platz stehen müssen."

„Das klingt nach meiner Großmutter", warf Kate ein und nickte Mike zu fortzufahren.

„Und dann sah sie die Fesselungen an den Handgelenken der Toten. "

Er sah, wie Kate schluckte.

„Ist sie… ist sie misshandelt worden?", fragte sie leise und Mike beeilte sich den Kopf zu schütteln.

„Nein, außer den Fesselungen gab es keine Zeichen äußerer Gewalteinwirkung. Die Fesselung selbst war zu fest, um sich selbst zu befreien, aber auch nicht so brutal, dass es ihr die Blutzufuhr abgeschnitten hätte. Kein Kabelbinder, einfache Stricke."

„War es Raubmord?"

Mike schüttelte den Kopf.

„Naja, sie hatte, laut Nachbarin, nur eine geringe Menge Bargeld im Haus. Den meisten hochwertigen

Schmuck im Safe einer Bank. Wertgegenstände waren nach erster Inaugenscheinnahme noch da, auch die EC- und Kreditkarten. Es wirkte nichts durchwühlt, einfach nur anders angeordnet. Ich meine, es waren nicht, wie üblich bei Einbrüchen, die Schubläden herausgerissen oder Schränke geöffnet. Es war, nach dem ersten Eindruck, im Haus aufgeräumt und ordentlich. Aber niemand weiß genau was sie wirklich an Wertgegenständen hatte. Wir hoffen, sie können uns ein paar Hinweise geben?"

Kate nahm einen Schluck von ihrem Kaffee und setzte betont langsam die Tasse ab.

„Das werde ich sicher nicht können. Ich weiß nicht, was genau meine Großmutter besessen hat, ich war dreißig Jahre nicht hier. Was war die Todesursache?"

Mike legte den Computerausdruck zur Seite und sah Kate an.

„Der Pathologe, Doktor Amri, kam erst heute aus Berlin, er ist einer der anerkanntesten Forensiker bei uns. Er hat sie heute Morgen… untersucht und schickt mir dann die Ergebnisse."

Er erschrak etwas, als Kate sich unvermittelt erhob.

„Ich möchte mit ihm sprechen, gleich."

Nichts in ihrer Stimme deutete darauf hin, dass er irgendeine Chance hätte sie von dem Gedanken abzubringen.

„Ich weiß nicht, ob er mit ihnen sprechen wird. Er ist etwas…eigen", versuchte er trotzdem einen Vorstoß und schwieg, als Kate ihn ansah.

Fast hilflos zuckte er mit den Achseln.

„Ich werde ihn anrufen."

Sie hob die Hand. „Ja, aber erst, wenn ich in der Pathologie vor der Tür stehe. Dann hat er weniger Gelegenheit mich abzuwimmeln."

Mike musste unwillkürlich schmunzeln. Ganz schön gerissen, die Kollegin aus USA.

„Also gut, ich lasse sie rüber ins Krankenhaus fahren."

Er stand ebenfalls auf und reichte Kate die Hand.

„Wir werden uns sicher noch sehen", sagte er und deutete auf die Tür. „Der Fahrer erwartet sie unten."

Kapitel 5

Kate war vor über dreißig Jahren das letzte Mal im Plauener Krankenhaus gewesen. Sie hatte hier immer einmal ihre Großmutter besucht, obwohl sie den Eindruck hatte, dass es dieser nie recht gewesen war. Aber sie hatte es geduldet, sicher in der Hoffnung, dass auch Kate einmal die Familientradition fortführen und Medizin studieren würde.

Allerdings erkannte sie nicht mehr viel wieder als sie jetzt das Gelände betrat. Alles sah anders aus, moderner als damals, sie erinnerte sich noch dunkel an Pavillonbauten und Baracken. Von letzteren war nichts mehr zu sehen, einer der alten Pavillonbauten stand noch, wurde aber nicht mehr für die unmittelbare Patientenversorgung genutzt.

Der Fahrer hatte sie direkt vor dem pathologischen Institut abgesetzt und sie klingelte am Eingang. Eine junge Frau im weißen Kittel öffnete und sah sie fragend an. „Ja, bitte?"

„Doktor Amri erwartet mich."

Das schien die junge Frau nicht zu hinterfragen, sie öffnete die Tür weiter und ließ Kate eintreten.

„Gehen sie den Gang runter, dann rechts", sagte sie und verschwand hinter einer der weißen Türen.

Kate stutzte erst, dann lächelte sie. Naja, hier nahm man es mit der Sicherheit scheinbar nicht so genau, warum auch? Diesen Patienten hier konnte man wahrlich keinen Schaden mehr zufügen. Der vertraute Geruch nach Formaldehyd umwehte sie und löste eine kurze Welle an Unwohlsein bei ihr aus. Noch nie hatte sie sich vor einer Autopsie gedrückt und hielt jeden noch so schrecklichen Anblick mit stoischer Miene aus, anders als ihr Partner Ben hatte sie noch nie den Autopsiesaal verlassen. Ben hatte kein Problem damit einzugestehen, wenn es ihm schlecht wurde. Sie dagegen schon. Sich eine solche Schwäche einzugestehen, kam für sie nicht infrage. Plötzlich wurde ihr klar, dass dies genau ihr mütterliches Erbe war, Contenance in allen Lebenslagen, das Credo ihrer Großmutter, deren sterbliche Überreste jetzt genau hier in diesem Gebäude lagen.

Kaum hatte sie den Gang passiert, hörte sie eine laute Stimme, die zu telefonieren schien.

„Verdammt, was haben sie sich dabei gedacht sie einfach hierher zu schicken. Nein, es interessiert mich nicht, ob sie beim FBI, beim CIA oder von mir aus auch beim KGB ist. Hier ist sie eine Angehörige, weiter nichts. Punkt."

Die laute, tiefe Stimme verstummte und eine weibliche Stimme sagte leise etwas, was Kate nicht verstand.

„Hier sind alle übergeschnappt, Maria, glauben sie mir. Jetzt kommt doch weiß Gott eine vom FBI und…"

Kate war in die Tür getreten und sah den breiten Rücken eines Mannes, der einen Kittel trug. Daneben stand eine kleine, zierliche Frau mittleren Alters, die bei ihrem Anblick sich räusperte, was ihren Chef dazu brachte, seine Tirade zu unterbrechen.

Langsam wandte dieser sich um und Kate sah in zwei sehr dunkle Augen, die sie argwöhnisch musterten.

Der Pathologe war Mitte bis Ende vierzig, eine große, stattliche Erscheinung mit schwarzem Haar, das sich an den Schläfen grau färbte und einem dunklen Teint, der auf eine arabische Abstammung schließen ließ.

Sie rang sich ein Lächeln ab und trat auf ihn zu.

„Doktor Amri? Ich bin Katherina Schulz. Hauptkommissar Köhler hat mich sicher angekündigt?"

Sie steckte ihm ihre Rechte entgegen, die er etwas ratlos anstarrte. Aus ihrem Augenwinkel sah Kate, wie die Frau sich ein Lächeln verkniff. Scheinbar war auch ihr klar, dass Kate einen Gutteil des Ausbruchs ihres Chefs mit angehört hatte.

Dieser schien sich plötzlich an die gesellschaftlich notwendigen Höflichkeitsformen zu erinnern.

Er ergriff die dargebotene Hand und drückte sie überraschend sanft.

„Ja, ich bin Doktor Amri. Mein Beileid zum Verlust ihrer Großmutter. Hauptkommissar Köhler hätte sie nicht…"

Kate merkte, wie eine, für sie unübliche Ungeduld, von ihr Besitz ergriff. Herrje, sie hatte jetzt keine Lust auf eine endlose Debatte.

„Hören sie, Herr Doktor Amri. Mein Verhältnis zu meiner Großmutter war nicht sehr eng. Ich lebe seit dreißig Jahren in den Staaten und wir haben uns seitdem nur einmal gesehen, zur Beerdigung meiner

Eltern. Meine Großmutter war die Mutter meiner Mutter und die war ein Einzelkind, ich bin also ihre einzige Verwandte und muss mich um alles kümmern. Und ja, ich bin auch Special Agent Kate Schulz vom FBI Atlanta und ich will jetzt verdammt noch mal wissen, was mit meiner Großmutter passiert ist." Ihre Stimme, die sich im Laufe ihrer Ausführungen immer mehr gehoben hatte, hallte von den Fliesen des nüchternen Raumes wider und sie merkte, dass sie bei beiden Anwesenden Eindruck hinterlassen hatte, jedoch recht unterschiedlich.

Während die Frau fast ängstlich zusammengezuckt war, breitete sich auf den Zügen des Pathologen der Anflug eines Lächelns ab.

„Nun denn", sagte er. „Dann kommen sie mit, Special Agent Kate Schulz." Er betonte extra ihren Namen und Dienstgrad und nickte seiner Mitarbeiterin, die Kate für seine Sekretärin hielt, leicht augenzwinkernd zu, um Kate dann etwas übertrieben die Tür aufzuhalten.

Sie betraten ein gemütliches Büro, das es vergessen ließ, in welchem Gebäude sie sich befanden. Überall standen Grünpflanzen auf Hydrobasis, sicher, weil Blumenerde einen willkommenen Boden für Pilze, Bakterien und anderes geboten hätte, gerahmte Tier- und Naturbilder zierten die Wände und auf dem Schreibtisch stand ein großes Bild einer glücklich lächelnden Familie.

Als Doktor Amri Kates Blicke bemerkte, sagte er mit einer Geste auf das Bild weisend: „Das bin ich mit meinen Eltern und meinen Geschwistern."

Dann bot er Kate einen Sitzplatz in einem bequemen, schmalen Sessel vor einem kleinen ovalen Tisch an, wo auch verschiedene Getränke standen, und deutete mit einer Geste, dass sie sich bedienen könne.

Er nahm sich selbst ein stilles Mineralwasser, trank einen kräftigen Schluck aus der Flasche und griff nach einem Stapel Papiere, blätterte eine Weile darin, lehnte sich zurück und sah Kate an.

„Wussten Sie, dass ihre Großmutter eine schwerkranke Frau war?"

Kate runzelte nachdenklich die Stirn.

„Sie hatte seit zwei Jahren Diabetes, eine Verschlechterung der Sehfähigkeit und einmal eine Thrombose, aber als *sehr* krank würde ich das nicht bezeichnen."

Doktor Amri hob die Hand.

„Ja, und einen Tumor, Pankreaskopf-Ca. Daher der Diabetes. Der Tumor hat metastasiert. Rückenmark und Gehirn. Laut Kollege." Er schaute auf ein Blatt.

„Doktor Hausner, ihrem Hausarzt, hat sie eine Operation als auch jede Form der Chemotherapie abgelehnt. Nun ja, sie war eine Kollegin, sie wusste, dass beides nichts mehr gebracht hätte, vielleicht drei, vier, allenfalls sechs Monate, von der Lebensqualität ganz zu schweigen. Was ich damit sagen will, ich hätte auf Suizid getippt, wären die Fesselungen nicht gewesen."

Kate sah auf und ihn an, aber der Arzt schüttelte den Kopf. „Nein, ich weiß, was sie sagen wollen. Sie konnte sich nicht selbst fesseln, nicht so, das ist ausgeschlossen und warum hätte sie das tun sollen? Nein, es ist eindeutig Fremdeinwirkung."

„Hauptkommissar Köhler hat angedeutet, dass die Fesselung nicht brutal ausgeführt worden war?"

Der Pathologe nickte.

„Ja, und auch nicht sonderlich professionell. Kein Kabelbinder, sondern einfache Stricke. Hätte sie genügend Zeit gehabt, hätte sie sich sicher selbst befreien können. Aber der oder die Täter haben ihr einen absolut tödlichen Cocktail aus Insulin und Digitoxin verabreicht. Wenn ich von absolut spreche, dann meine ich, dass ihre Chance, das zu überleben gegen Null gegangen wäre, selbst wenn man sie rechtzeitig gefunden hätte."

Kate rückte in dem Sessel etwas nach vorn.

„Und wie hat man ihr die Mittel beigebracht?"

„Subkutan, also unter die Haut per Injektion, allerdings hat man ihr vorher K.o. Tropfen in Form von einem Ketaminderivat verabreicht, in Tee aufgelöst, exakt Schwarztee mit Sahne, was mich allerdings nicht verwundert, da keine Abwehrverletzungen feststellbar sind."

Kate dachte eine Weile nach.

„Ja, meine Großmutter war eine begeisterte Teetrinkerin. Scheinbar hat sie den, Schrägstrich die Täter, ins Haus gelassen, während ihr Tee auf dem Tisch stand und sie hat ihn auch in deren Anwesenheit getrunken. Also könnte sie den, die Täter gekannt haben? Oder wurde ihr der Tee mit den Tropfen gewaltsam eingeflößt?"

51

Der Pathologe zog seine beeindruckend dichten Augenbrauen nach oben. Scheinbar hatte er noch nie Hinterbliebene, die solche gezielten Fragen stellten. Nein, korrigierte Kate sich, er würde nie Gespräche mit Hinterbliebenen führen, denn das war Sache der Polizei. Er als Arzt begegnete ihnen allenfalls in seiner Tätigkeit als Gutachter vor Gericht und selbst da hatte er keinen direkten Kontakt zu ihnen. Kein Wunder, das ihn das Gespräch mit ihr vor eine völlig ungewohnte Situation stellte.

„Nein", sagte er. „Da hätte sie Verletzungen an den Lippen oder der Mundschleimhaut, aber die gab es nicht. Also kein gewaltsames Einflößen, sie hat selbst getrunken, ganz sicher."

Kate sah ihn an.

„Danach haben er oder sie meine Großmutter also gefesselt und die tödliche Dosis gespritzt?"

Der Pathologe wog den Kopf hin und her.

„Aber warum dann noch fesseln? Die Tropfen haben sie betäubt und dabei hatte er oder sie genug Zeit, um ihr die letale Dosis beizubringen. Vielleicht hatten er oder sie Angst, sie könne doch noch einmal zu Bewusstsein kommen und Hilfe rufen?"

Er zog die Schultern hoch.

„Aber das ist Sache der Kripo das herauszufinden, ich bin nur Spurensammler, das Interpretieren überlasse ich den Fachleuten."

Er wollte bereits die Computerausdrucke weglegen, als ihm ein Detail ins Auge zu fallen schien. Er runzelte die Stirn, erhob sich, ging zu dem kleinen

Schreibtisch und nahm ein Diktiergerät zur Hand, steckte sich die Stöpsel in die Ohren und lauschte eine Weile.

Dann schüttelte er den Kopf, wandte sich langsam zu Kate um, die ihm erstaunt zusah und fragte leise:

„Haben sie gewusst, dass ihre Mutter adoptiert wurde?"

Kate starrte den Pathologen fassungslos an und schüttelte schließlich langsam den Kopf.

„Nein, wieso…also das ist doch Unsinn, ich meine…" Sie verstummte, als er ihr eines der Blätter gab. Es waren die Daten ihrer Großmutter und ein Wort stach ihr dabei sofort ins Auge: NULLIPARA, die Bezeichnung für eine Frau, die noch nie ein Kind geboren hatte.

Er nickte.

„Deswegen habe ich mein Diktat nochmals nachgehört. Ich dachte erst, es wäre ein Tippfehler, obwohl ich mir das kaum vorstellen kann, aber…nein, es ist kein Irrtum. Ihre Großmutter…" Er stoppte, weil er merkte, dass diese Bezeichnung jetzt wohl kaum noch zutraf. „Also Frau Voigt hat nie ein Kind geboren, weder auf normalen Weg noch durch eine Sectio."

Kate fuhr sich über die Stirn. Das konnte einfach nicht wahr sein. Ihre Mutter hatte ihr nie etwas gesagt. Aber wenn…? Kate richtete sich unwillkürlich etwas auf.

Wenn ihre Mutter es überhaupt gewusst hatte? Vielleicht war sie in dem Glauben gestorben, das Clara

Voigt ihre leibliche Mutter gewesen war.

Langsam erhob sich Kate.

„Ich danke ihnen, Doktor Amri. Ich muss das jetzt erst einmal alles verdauen, ich…"

Sie brach ab und wollte sich verabschieden, als der Pathologe seinen Kittel auszog.

„Wissen sie, ich habe sie nicht gerade freundlich empfangen."

Er grinste etwas schief und griff in einen schmalen Wandschrank, um ein modisch geschnittenes Jackett in dezenten taubenblau herauszunehmen.

„Ich mache jetzt einfach schon meine Mittagspause und lade sie auf einen Kaffee ein."

Kate wollte eigentlich lieber allein sein, aber sie wollte das freundliche Angebot nicht ablehnen, immerhin hätte der Pathologe sie auch abblitzen lassen und jegliche Informationen verweigern können. Sie bemühte sich um ein Lächeln und folgte ihm über einen breiten Pfad in die großzügig angelegte Cafeteria.

„Der Kaffee ist hier trinkbar", murmelte er ihr verschwörerisch zu und lud Kaffee, Gebäck und belegte Brötchen auf ein Tablett.

Dann suchte er ihnen einen Fensterplatz und verteilte alles auf dem Tisch.

Dann sah er Kate ernst an, die an ihrem Kaffee nippte.

„Als ich mit meinen Eltern nach Deutschland kam, war ich erst zwei Jahre alt. Also ich kann mich nicht mehr erinnern. Meine Eltern passten sich sehr schnell hier in Deutschland an, sie wollten, dass ihre Kinder sich hier heimisch fühlten. Aber meine Mutter sagte - ganz gleich welcher Kummer dich ereilt, Essen hilft immer- das war und ist ihr Credo."

Er zeigte auf das Essen.

„Also, greifen sie zu, Frau Schulz."

Kate lächelte etwas und griff nach einem mit Putenbrust belegten Brötchen.

„Kate. Bitte, nennen sie mich Kate."

Er lächelte zurück und nickte. „Und sie mich Omar." Dann verneigte er sich etwas und wurde wieder ernst.

„Wurde ihre Mutter nach dem Zweiten Weltkrieg geboren? Damals gab es viele Waisenkinder", sagte er plötzlich und Kate hatte das Gefühl, das Brötchen würde zu Beton in ihrem Mund.

Sie legte es langsam zurück.

Doktor Amri ließ sich davon nicht beirren und schaufelte unverdrossen Brötchen und Gebäckstücke in sich hinein und schaute dann Kate aufmunternd an.

Sie wollte dem Pathologen schon klarmachen, dass sie nicht darüber reden wollte, hielt sich aber noch rechtzeitig zurück. Mit ihrem Partner Ben machte sie es häufig so, einfach Ideen, Theorien, Gedankenexperimente auszutauschen. Es war ein festes Ritual ihrer Zusammenarbeit geworden, auch wenn sie regelmäßig in Streit darüber gerieten.

Wäre es jetzt auch gut, so zu tun, als sei das einer jener Fälle? Aber würde es ihr gelingen sich davon zu distanzieren, dass es heute um sie selbst, um ihre Familie ging?

Sie atmete tief ein und lehnte sich zurück.

„Nein, meine Mutter wurde während des Krieges geboren, 1939, also faktisch zu Beginn des Zweiten Weltkrieges. Da gab es noch keine Kriegswaisen."

Er nickte und trank seinen Kaffee aus.

„Dann sollten sie im Haus ihrer…ich meine Frau Voigt nach Unterlagen suchen, Adoptionspapiere, Bilder, irgendetwas."

Kate nickte und drehte dabei ihre Kaffeetasse auf der Untertasse hin und her. Tausend Gedanken schossen ihr durch den Kopf und die musste sie erst einmal sortieren. Unwillkürlich stieß sie einen Seufzer aus.

„Ja, das werde ich wohl müssen. Aber ganz egal, ob sie nun meine leibliche Großmutter war oder nicht. Ich will wissen, wer sie ermordet hat."

Doktor Amri nickte, dann legte er beide Hände auf die Tischplatte und erhob sich.

„Leider muss ich jetzt weitermachen. Zwar sind meine Patienten nicht ungeduldig, aber andere wollen ständig etwas von mir."

Er zwinkerte Kate zu und sie musste unwillkürlich lachen.

Er nahm ihre Hand in die seine und drückte sie, danach hielt er sie noch eine Weile fest. Wieder wunderte sich Kate, wie erstaunlich sanft der Händedruck dieses großen Mannes war.

„Wenn ich irgendwelche neuen Erkenntnisse habe, melde ich mich bei ihnen und wenn irgendetwas ist, sie wissen, wo sie mich finden. Diese Woche bin ich noch hier und dann mal wieder in Berlin, aber ich pendle immer."

Er ließ ihre Hand los, griff in seine Jackentasche und reichte ihr eine schlichte weiße Visitenkarte.

Dann lächelte er sie noch einmal an und verließ mit behänden Schritten die Cafeteria.

Stirnrunzelnd sah Kate ihm nach, dann ließ sie die Visitenkarte in ihre Jackentasche gleiten.

Also, wenn der Pathologe nicht gerade mit ihr geflirtet hatte, dann verstand sie definitiv nichts von Männern.

Kopfschüttelnd erhob sie sich. Flirt hin oder her, sie musste sich jetzt dringenderen Sachen zuwenden.

Kapitel 6

Das Haus ihrer Großmutter, so nannte Kate sie immer noch in ihrem Inneren, lag in einem stillen Teil von Plauen direkt am Stadtpark.

Hier zog man nicht ständig ein und aus, hier wurden Häuser seit Generationen bewohnt, jeder kannte jeden und blieb doch respektvoll auf Abstand.

Obwohl Kate dreißig Jahre nicht hier gewesen war, erkannte sie alles wieder, es hatte sich kaum etwas verändert. Hier und da ein Anbau, eine Neugestaltung des Vorgartens, ein Carport, aber sonst schien hier die Zeit weitgehend stillzustehen.

Erst als sie vor der schlichten, zweistöckigen Gründerzeitvilla stand wurde ihr bewusst, dass sie es versäumt hatte, sich von Hauptkommissar Köhler den Schlüssel aushändigen zu lassen.

Lediglich das Gartentor war unverschlossen und sie ging den breiten Kiesweg, der sanft hinauf zum Haus führte hinan, umrundete es und stieg von hinten die geschwungene Treppe zur Veranda hinauf.

Hier standen noch die Gartenmöbel und lächelnd strich Kate über den blütenweißen Lack der Sessel. Sie waren, wie alles, sehr gut gepflegt und instandgehalten, sodass man ihnen das Alter nicht ansah.

Hier, auf diesen Sesseln hatte sie oft gesessen und Erdbeerkompott gegessen.

„Was suchen sie da?"

Eine hohe Frauenstimme riss sie aus ihren Betrachtungen.

Sie schnellte herum und sah eine ältere Frau am schmiedeeisernen Gartenzaun zum Nachbargrundstück stehen, die sie mit gerunzelter Stirn beobachtete.

„Das Haus ist nicht zu verkaufen", ergänzte sie mit strenger Stimme.

Kate stieg von der Veranda herab, ging über den kurz geschnittenen, gepflegten Rasen bis zu dem Zaun.

Während sie sich näherte, betrachtete sie die Frau. Sie war vielleicht Mitte bis Ende siebzig, schlank und Kate fielen die arthrotischen Verformungen beider Hände auf, mit der die Frau den Zaun mühsam umklammerte.

„Mein Name ist Katherina Schulz, ich bin die…"

Die Frau schüttelte den Kopf.

„Ach, entschuldigen sie. Ich habe sie nicht gleich wiedererkannt, aber jetzt, natürlich. Katherina."

Kate forschte in ihrem Gedächtnis, woher sie die Frau kennen sollte. Diese lächelte traurig.

„Natürlich, sie erinnern sich nicht mehr. Margarete König, ich bin seit über vierzig Jahren die Nachbarin ihrer Großmutter und früher…"

„Waren sie ihre OP- Schwester", ergänzte Kate und griff über den Zaun, um eine der verkrüppelten Hände sanft in die ihren zu nehmen.

Frau König seufzte auf.

„Ja, das kann man sich heute nicht mehr vorstellen, wenn man mich sieht. Ich kann kaum meine Gabel halten geschweige denn ein chirurgisches Besteck, aber entschuldigen sie, was rede ich da. Mein tiefes, herzliches Beileid, Katherina, oder muss ich jetzt Frau Schulz sagen?"

Kate schüttelte den Kopf.

„Natürlich nicht. Frau König, haben sie einen Schlüssel zu Großmutters Haus? Der Hauptkommissar deutete so etwas an."

Die Nachbarin nickte.

„Aber ja. Kommen sie doch herüber, ich koche ihnen einen Kaffee oder lieber einen Tee? "

Kate wollte ihr eigentlich sagen, dass sie heute schon genügend Kaffee getrunken hatte, aber überlegte es sich dann anders. Vielleicht konnte ihr Frau König einige Informationen geben, die ihr weiterhelfen würden.

„Ein Tee wäre schön", sagte sie und ging wieder nach vorn zur Straße und von dort zum Eingang des Nebengrundstücks.

Das Haus war kleiner als das ihrer Großmutter, aber ebenfalls solide gebaut.

Frau König empfing sie an der Haustür und führte sie durch einen schmalen Flur in ein helles, großes Wohnzimmer mit einem riesigen Fenster zum dahinterliegenden Garten.

„Mein Mann hat das Fenster für mich einbauen lassen als wir heirateten. Ich habe so gern gemalt und er sagte, dazu brauche ich viel Licht."

Kate sah einige Bilder an den Wänden. Sie war zwar keine Kennerin, aber sie schienen gut zu sein, sehr gut, gemalt im Stil der frühen Expressionisten.

„Sind die Bilder von ihnen?", fragte sie und Frau König nickte bescheiden.

Dann deutete sie auf eine Vitrine. „Darf ich sie bitten, die Teetassen heraus zu räumen? Ich lasse sie womöglich fallen."

Kate beeilte sich, der Bitte nachzukommen und stellte zwei hauchdünne chinesische Teetassen auf einen kleinen Couchtisch, der einen wunderbaren Platz direkt am Fenster einnahm.

Als Frau König nach einer Weile ein Tablett hereinbalancierte, sprang Kate auf und nahm es ihr ab.

Erleichtert seufzte diese auf.

„Es ist schlimm, wenn jeder Griff wehtut. Ich habe zwar starke Schmerzmittel, aber…"

Sie ergänzte den Satz nicht, sondern deutete Kate, den Tee einzugießen und nahm dann ihr gegenüber Platz.

„Wissen sie Katherina, ich kann es noch immer nicht fassen, was mit ihrer Großmutter passiert ist. Es ist zu schrecklich, zu unvorstellbar. Ich habe damals als junge Schwester bei ihr angefangen und als ich dann ihren Kollegen, Doktor König heiratete, waren wir über vierzig Jahre Nachbarn, so etwas verbindet doch."

Sie schüttelte ihren wohl frisierten Pagenkopf und Kate erinnerte sich plötzlich daran, wie ihre Mutter einmal eine leicht bissige Bemerkung darübergemacht hatte, dass Schwester Margarete das klassische Klischee bedient hatte, die OP- Schwester und der Chirurg.

„Ich wusste gar nicht, dass meine Großmutter so krank war", wagte Kate den ersten Vorstoß und sah am Blinzeln des rechten Auges, dass Margarete König davon wusste.

Kate sah sie auffordernd an und scheinbar entschloss Frau König sich auch umgehend zur Wahrheit.

„Ja, sie wusste, dass sie nur noch eine kurze Zeit zu leben hat. Sie hat es mir erzählt, nur mir, verstehen sie? Sie wollte nicht das andere davon wissen, sie war keine Frau, die Mitleid ertragen hätte."

„Nein, dass gewiss nicht", bestätigte Kate und lehnte sich etwas zurück. Nun, ein Anfang war gemacht.

„Die Schwester des Pflegedienstes? ", gab sie eine kurze Einstiegshilfe.

Frau König nickte. „Ja, Nicole, ein nettes Mädchen, sehr engagiert. Sie ist vom Pflegedienst „Heimat", es war bereits der zweite Pflegedienst, vorher hatte Frau Voigt einen Pflegedienst." Sie senkte die Stimme leicht. „Der eine Menge Osteuropäer beschäftigt, das lehnte ihre Großmutter ab. Aber hier war sie sehr zufrieden, besonders mit Nicole, sie ist wirklich sehr, sehr nett und umsichtig und Frau Voigt."

Hier brach sie plötzlich ab.

„Ich weiß, dass meine Großmutter nicht einfach war", bestätigte Kate und hoffte, so das Gespräch in Gang zu halten. Es schien zu funktionieren, denn Frau König hob abwehrend die Hand.

„Nein, nein, sie war streng, aber auch gegen sich selbst und korrekt und das forderte sie auch von anderen. Manche konnten eben nicht mit dieser Art umgehen. Ich schon und Nicole auch."

„Diese Nicole hat sie geholt, als meine Großmutter die Tür nicht öffnete?"

Frau König nickte.

„Ja, sie wusste, dass ich einen Schlüssel habe. Also bin ich mit zu ihr gegangen, wir haben nochmals geklingelt und geklopft. Herr Winter von schräg gegenüber hat schon aus dem Fenster geschaut, weil wir so laut waren. Ich habe mich dann entschlossen die Tür zu öffnen und als wir das Haus betreten haben, blieben wir im Flur stehen und haben erst gerufen. Als keine Antwort kam, sind wir weiter und da lag sie dann, im Wohnzimmer, am Boden."

Frau König schloss kurz die Augen, dann straffte sie ihre schmale Gestalt.

„Wir haben beide gedacht, sie hat vielleicht einen Zuckerschock oder einen Schlaganfall, aber dann sahen wir, dass sie tot war. Nicole wollte ihren Puls fühlen und dann hat sie plötzlich gesagt das hier irgendetwas nicht stimmen würde. Ich habe dann auch die Fesselung gesehen. Nicole machte mich darauf aufmerksam, dass die Gegenstände anders angeordnet lagen, die Bücher, die Zeitschriften, die Fernbedienung. Es sah nach einem Einbruch aus. Da wussten wir, dass wir nicht nur den Notarzt, sondern auch die Polizei anrufen müssen. Nicole hat ihr Diensthandy genommen, wir wollten keine Spuren verwischen. Wir sind dann wieder aus dem Haus gegangen und haben dort gewartet, bis die Polizei und der Notarzt da waren."

Das war nichts anderes als Mike Köhler Kate bereits mitgeteilt hatte.

„Sagen sie, Frau König, hatte Großmutter Feinde?"
Die alte Dame trank aus ihrer Tasse und stellte sie umständlich zurück. „Was heißt Feinde? Vielleicht hatte sie die eine oder andere Meinungsverschiedenheit mit jemand, aber in den letzten Jahren lebte sie sehr zurückgezogen. Nein, es gab sicher niemand dem sie so nahegetreten sein könnte, dass es einen Mord nach sich gezogen hätte. Wenn sie meine Theorie hören wollen, es war ein aus dem Ruder gelaufener Einbruchsversuch."

Kate lehnte sich zurück. Das war mit Sicherheit die seltsamste Theorie, die sie in diesem Zusammenhang hörte. Sie sah die Nachbarin ihrer Großmutter eine Weile an, dann schüttelte sie den Kopf.

„Frau König, sie waren doch selbst Krankenschwester. Welcher Einbrecher hat Ketamin, Insulin und Digitoxin bei sich und bringt damit sein Opfer um, das er leicht überwältigen und knebeln könnte?"
Diese starrte Kate eine Weile an, dann winkte sie ab.

„Mitbringen? Das hatte Frau Voigt selbst. Insulin, und das nicht wenig, weil ihr Blutzucker ständig nach oben gegangen ist, durch den Bauchspeicheldrüsenkrebs und Digitoxin hatte sie ebenfalls. Sie hatte ein schwaches Herz und vertrug keine Tabletten, daher hatte sie immer ein paar Ampullen vorrätig. Und was das Ketamin angeht, das ist doch heute so eine Partydroge und wird auch als K.o. Tropfen eingesetzt, das haben diese Verbrecher mitgebracht."

„Trotzdem", wandte Kate ein. „Das ist unlogisch."
Frau König schien sich richtig in Fahrt geredet zu
haben.

„Ich denke nicht. Man liest und hört jetzt so viel von
diesen Junkies und der Beschaffungsmittelkriminali-
tät. Wer weiß, vielleicht war es ein Osteuropäer, der
mit einem der Mädchen von dem früheren Pflegedienst von Frau Voigt befreundet war? Er dachte,
sicher hat sie Morphium im Haus. Als Krebspatientin
ist das doch logisch. Und dann hatte er Angst, sie
könnte ihn identifizieren und hat sie nicht nur gefesselt, sondern auch mit dem, was er gefunden hat,
getötet. Die wissen doch, wie man eine Spritze bedient."

Kate sah, dass Frau König richtig rote Wangen hatte,
so schien sie sich für ihre abstruse Theorie zu begeis-
tern. Sie hätte ihr am liebsten gesagt sie schaue einfach zu viele Krimis und das sei hanebüchener Unsinn, aber sie hielt sich zurück und nickte etwas.

„Die Idee ist nicht ganz ohne", sagte sie schließlich in
einem versöhnlichen Tonfall, auch wenn sie das keinesfalls dachte und Frau König setzte ein triumphie-
rendes Lächeln auf.

„Da sieht man, dass jemand vom FBI mehr Ahnung
hat als unsere Kripo. Dieser Hauptkommissar hat es
sofort abgetan."

Kate registrierte, dass Frau König wusste, was sie
beruflich machte, also hatte ihre Großmutter es ihr
erzählt. Ungewöhnlich, denn sie hatte nie das Gefühl
gehabt, das Clara Voigt mit irgendjemand, ganz

65

gleich wie lange sie ihn kannte, über ihre Familien-
angelegenheiten sprach.

Sie erhob sich und lächelte ihre Gastgeberin gewin-
nend an. „Ich danke ihnen für den Tee. Darf ich jetzt
den Schlüssel haben? Ich würde mich gern im Haus
umsehen, ich muss ja alles ordnen."

Frau König erhob sich ebenfalls und nickte betrübt.
„Sie sagen mir bitte, wann die Beerdigung ist?"

Schlagartig wurde Kate bewusst, dass sie es nicht bei
einer kleinen Trauerfeier belassen konnte. Sie nickte
fast mechanisch. „Natürlich."

Als Frau König ihr den Schlüssel gegeben und sie
nach draußen begleitet hatte, blieb diese plötzlich
stehen und sah Kate eindringlich an. „Werden sie das
Haus verkaufen?", fragte sie.

Kate zuckte die Schultern. „Darüber habe ich mir,
ehrlich gesagt, noch keine Gedanken gemacht."

Als sie das Haus aufschloss, stellte sie fest, dass es zwischenzeitlich gelüftet worden war.

Langsam ging sie durch die untere Etage, hier waren von einem Flur aus beide Wohnzimmer erreichbar, die durch eine massive Holzschiebetür getrennt waren, daneben lag die Bibliothek, an die sie sich deshalb so gut erinnerte, weil sie hier viele Stunden ihrer Kindheit zugebracht hatte.

Bücher hatten sie schon immer fasziniert und hier hatte sie ein weites Feld.

Neben den vielen medizinischen Standardwerken, die ihrem Großvater, aber auch dessen Vater, einem Schiffsarzt gehört hatten, waren ziemlich alle Klassiker vertreten.

Kate zog die dichten Gardinen zur Seite und trat an die Regale. Ihr wurde bewusst, dass irgendwo hier der Schlüssel zum Rätsel der Adoption ihrer Mutter lag.

Nach einer guten Stunde fand sie in einer Schublade zwei Fotoalben. Das eine kam ihr bekannt vor und das war es auch, das Familienalbum, das ihre Großmutter angelegt hatte, als sie, Kate, auf die Welt gekommen war.

Sie sah Bilder von sich als Kind, mit ihren Eltern, mit ihrer Großmutter, allein. Geburtstagstafeln, Weihnachtsfeiern, Besuche auf dem Rummelplatz, Einschulung, Erstkommunion.

Ihre Firmung als eines der letzten Bilder hier in Deutschland.

Dann hatte ihre Mutter wohl Bilder geschickt, das

bekannte Bild mit ihren Eltern in Disneyland, das auch bei ihr in der Wohnung stand, ihr Collegeabschlussfoto, schließlich ihr Abschlussfoto von der Akademie. Ein paar Urlaubsschnappschüsse und die restlichen Seiten waren leer.

Nach dem Tod ihrer Eltern hatte Kate keine Bilder geschickt.

Seufzend legte sie das Album zurück und nahm das andere heraus. Es war schon vom Einband her älter und sie war sich sicher, es noch nie gesehen zu haben. Sie nahm es und ging damit hinüber ins Wohnzimmer.

Stumm sah sie auf die Stelle, wo man die Leiche ihrer Großmutter gefunden hatte. Dann wandte sie sich ab und ging, das Album unter dem Arm, hinaus.

Sie schloss die Haustür sorgfältig ab und ging zurück ins Hotel. Dort angekommen, bestellte sie sich einen Salat auf ihr Zimmer, duschte und setzte sich, nur im Bademantel bekleidet, an den Tisch. Sie aß den Thunfischsalat und begann, in dem Album zu blättern.

Es begann mit einem Hochzeitsfoto ihrer Großeltern. Beide groß, schlank, gutaussehend, sahen sie ernst in die Kamera. Dann Bilder von der Hochzeitsreise nach Italien, Gardasee und Venedig.

Eine Wohnung in Berlin, später in Breslau, ihr Großvater in der Uniform eines Stabsarztes.

Schließlich ein Bild von ihren Großeltern mit einem blondlockigen Mädchen. Das Kind war vielleicht zweieinhalb oder drei Jahre alt und drückte sich fest an Kates Großvater, der eine Uniform trug.

Ihre Großmutter stand daneben, fast auf Distanz.
Sie sah nicht auf das kleine Mädchen oder zu ihrem
Mann, sondern in Richtung des Fotografen.
Kate sah auf die Unterschrift *-Breslau 1943-*.
Sie lehnte sich zurück und kaute nachdenklich an
dem Röstbrot, das ihr zum Salat serviert worden war.
1943, da war ihre Mutter 3 Jahre alt. Vorher gab es
kein Bild. Auch wenn man in den vierziger Jahren
längst nicht so viel fotografierte wie heute, waren die
Voigts wohlhabende Leute gewesen, die, so wusste
sie aus den Erzählungen ihrer Mutter, eine Kamera
besessen hatten. Was war zwischen 1939, dem Ge-
burtsjahr ihrer Mutter und diesem Bild 1943 geschehen?
Sie legte das Album aus der Hand und lehnte sich
zurück. Schließlich fasste sie einen Entschluss. Sie sah
auf ihre Uhr, es war 20.00 Uhr, also in Atlanta 14.00
Uhr.
Sie griff zum Telefon und rief Ben an.
Es tat ihr gut, seine Stimme zu hören.
„Hallo, Ma`am. Womit kann ich dienen?", fragte er
mit seiner unnachahmlich rauchigen Stimme, nachdem er ihre Nummer im Display gesehen hatte.
„Special Agent Thomson. Ich brauche dringend die
Hilfe eines der fähigsten Agenten des FBI", ging sie
auf seinen Scherz ein und er lachte, um im nächsten
Moment ernst zu fragen: „Wie geht's dir, Kate? Alles
soweit okay?"
„Naja, deswegen rufe ich an, hier gibt es einige Unge-
reimtheiten, aber ich werde dir jetzt nicht alle Details

69

erzählen. Kurzum, ich habe herausgefunden, dass meine Mutter scheinbar adoptiert wurde. Kannst du einmal nachsehen? Ihre Unterlagen sind doch seit 9/11 hinterlegt. Wo ist sie geboren? Ich hatte bisher angenommen, sie ist hier in Plauen geboren, aber könntest du das mal überprüfen?"

Sie hörte, wie Ben am anderen Ende der Leitung die Luft ausstieß. Dann hörte sie das Klappern der Computertastatur, das war Ben, er verlor keine Zeit, wenn es darauf ankam.

„So, ich habe es, Maria Clara Voigt, geboren am 3. Oktober 1939 in Wernigerode, nicht in Plauen. Soll ich dir die Geburtsurkunde schicken?"

„Das wäre gut, danke, Ben, ich melde mich wieder." Sie wollte schon auflegen.

„Kate, was ist denn wirklich los?", hörte sie ihren Partner mit besorgter Stimme fragen.

„Ich weiß es noch nicht Ben, wirklich nicht. Ich weiß nur seit heute definitiv, dass Frau Voigt nicht meine Großmutter sein kann, weil sie nie ein Kind geboren hat, daher die Idee mit der Adoption. Aber wer sie umgebracht hat und warum, alle tappen hier noch im Dunklen und ehrlich gesagt, ich auch."

Sie hörte eine Minute nichts, dann räusperte sich Ben.

„Gut, dann melde dich wieder, ja? Und halte mich auf dem Laufenden. Weißt du schon, wann du wiederkommst?"

„Nein, noch nicht. Ich melde mich, versprochen. Tschüss."

Sie konnte es kaum erwarten aufzulegen und rief auf

ihrem iPhone über Google Wernigerode auf. Eine
Stadt im Harz, nicht so weit entfernt von hier.

Sicher würde Hauptkommissar Köhler ihr helfen
können.

Für ihn dürfte es nicht schwierig sein einen Einblick
in das Geburtsregister zu beantragen, ohne einen
langen Behördenweg gehen zu müssen.

Sie legte das Album aus der Hand und ließ sich auf
ihr Bett fallen.

Es war ein langer und ereignisreicher Tag gewesen
und irgendwie machte sich der Jetlag bemerkbar.

Ohne sich auszuziehen oder die Zähne zu putzen
schlief sie plötzlich ein.

Kate saß in dem dunkelgrauen Opel-Insignia und fuhr auf der A 9 gen Wernigerode.

Es war jetzt nach 13.00 Uhr, sie hatte bis 7.00 Uhr durchgeschlafen, über die Rezeption ein Frühstück und ein Auto über SIXT ordern lassen und hatte dann versucht, Hauptkommissar Köhler zu erreichen.

Man teilte ihr mit, er sei erst Montag wieder im Dienst, was sie erstaunte, dass er mitten in einer Mordermittlung gleich mal vier Tage am Stück frei nahm.

Sie selbst konnte und wollte sich nicht bis Montag gedulden und war gleich selbst nach Wernigerode aufgebrochen.

Der Verkehr war fließend und Kate konnte ihren Gedanken nachhängen. Sicher tat sie ihm unrecht, immerhin hatte er ein Privatleben, eine Frau, Kinder. Seufzend überholte sie einen Lkw und scherte wieder vor diesem ein. Nein, sie konnte es sich nicht vorstellen. Sie hatte keine Familie und ihr Partner Ben auch nicht, wenn man von seinen zahlreichen, aber nie langanhaltenden Affären einmal absah.

Wieder einmal wurde es Kate klar, dass ihre eigentliche Familie die Truppe war. Naja, das war wirklich bizarr, jetzt wo tausende von Meilen zwischen ihr und ihrem Job lagen, wurde ihr das erst richtig bewusst. Der Job, ein Familienersatz.

Natürlich hatte sie auch Beziehungen gehabt, also genau genommen zwei richtige, ernsthafte Beziehungen.

Die Erste war ein Kollege aus Washington gewesen,

Special Agent John G. Persoon. Sie hatten sich auf einem Lehrgang kennengelernt, er hatte sie dann alle vier-bis acht Wochen in Atlanta besucht. Auch ihre Eltern hatten ihn sehr nett gefunden, das heißt, ihr Vater, ihre Mutter hatte sich dazu, wie zu vielen Dingen, was ihr Privatleben betraf, nicht geäußert.

John war gutaussehend, zuvorkommend, charmant, der ideale Schwiegersohn.

Ausgerechnet Ben, ihr Kollege und Partner, fand ihn etwas *zu* smart und *zu* charmant, irgendetwas schien ihn zu stören und er forschte nach, für eine FBI Mann kein Problem.

Und er fand genau das, was er befürchtet hatte, so sagte er es ihr später. John hatte in Denver eine Ehefrau und einen vierjährigen Sohn, ebenso in New York eine Freundin, die gerade von ihm schwanger war.

Ben brachte es Kate so schonend, wie es unter diesen Umständen möglich war, bei, was er herausgefunden hatte und da er unwiderlegbare Beweise hatte, nahm sie es stumm und scheinbar gefasst zur Kenntnis.

Es war nur ihr Vater, dem sie sich anvertraut hatte, er hatte ihre Tränen, ihre Wut, ihre maßlose Enttäuschung erlebt.

Erst vier Jahre später war sie, zögernd, eine neue Beziehung eingegangen. Diesmal mit einem „Zivilisten", einem Kollegen ihres Vaters, einem jungen, vielversprechenden Arzt.

Sie wusste, dass ihr Vater ihn gründlich durchleuchtet hatte, um seiner Tochter eine erneute Enttäuschung zu ersparen.

Peter war ein netter, solider, hart arbeitender Mann, der anfangs Verständnis dafür hatte, dass sie sich so wenig sahen. Entweder hatte er Dienst im Krankenhaus oder Kate war aufgrund eines Einsatzes tage- oder wochenlang unterwegs.

Aber schließlich kam das unweigerliche Gespräch auf Heirat, auf Kinder, ein Thema, mit dem sich Kate nie auseinandergesetzt hatte. Sie verdrängte es, dass ihre biologische Uhr tickte, und zwar rasant. Schließlich drängte Peter auf eine Entscheidung und Kate entschied sich gegen ihn.

Das war unmittelbar vor 9/11, jenem Tag, der ihr ihre Eltern nahm.

Peter bot sich sofort an, sie in der Zeit der Trauer zu unterstützen, und vielleicht wäre das ein Weg gewesen für sie beide wieder zusammenzukommen, aber Kate lehnte es ab.

Sie war so in diese Gedanken versunken, dass sie fast die Ausfahrt verpasst hatte. Schnell fädelte sie sich ein und fuhr an der Autobahnauffahrt ab. Kurz darauf traf sie in Wernigerode ein. Kate war begeistert von der wundervollen Altstadt und nahm sich vor, irgendwann einmal wieder hierherzukommen, privat, als Touristin.

Sie parkte das Auto und begab sich auf die Suche nach dem Standesamt. Erst jetzt wurde es ihr bewusst, dass sie sich überhaupt nicht angemeldet hatte. Aber sie hatte Glück, das Amt hatte geöffnet und sie musste nicht einmal warten.

Eine junge Frau mit einem kessen Bürstenhaarschnitt lächelte sie freundlich an.

„Ja, bitte?"

Kate hatte die Geburtsurkunde ihrer Mutter, die Ben auf ihr iPhone geschickt hatte, sowie die Sterbeurkunden ihrer Eltern dabei und legte beides vor.

„Ich habe die Bestätigung, dass meine Mutter hier in Wernigerode geboren und später adoptiert wurde. Aber ich würde sehr gern Näheres darüber erfahren." Kate erzählte alle ihr bekannten Details und die Augen der jungen Frau wurden immer größer.

„Wow", sagte sie schließlich und senkte dann erschrocken den Blick. „Entschuldigen sie, mein Beileid."

Verlegen nahm sie die Papiere und tippte den Namen in ihren PC. Stirnrunzelnd klickte sie eine Weile.

„Also das verstehe ich nicht." Sie ergriff kopfschüttelnd ihr Telefon.

„Sigrun? Kannst du mal bitte kommen? Danke."

Sie legte auf und sah Kate an.

„Eigentlich sind alle Geburts- auch Adoptionsurkunden bei uns digitalisiert, aber die ihre Mutter finde ich nicht. Naja, sie ist im Krieg geboren, vielleicht wäre das eine Erklärung."

Sie unterbrach sich, als eine ältere Frau den Raum betrat. Diese war sicher kurz vor der Pensionierung. Sie trug ihr weißes Haar kinnlang und eine auffällige bunte Brille.

„Meine Kollegin Frau Krause, sie kennt sich hier bestens aus", stellte die junge Frau die Ältere vor.

Die Angesprochene lächelte, was zwei Grübchen auf ihre Wangen zauberte, dann nahm sie die Urkunde und las.

Sie warf Kate einen Blick zu und runzelte die Stirn.

„Maria Clara Voigt ist ihre Mutter?"

Kate nickte. „War", sagte sie und deutete auf die Sterbeurkunde.

Die Frau beeilte sich zu nicken. „Natürlich, entschuldigen sie."

Kate spürte, irgendetwas stimmte hier nicht. Also entschloss sie sich, in die Offensive zu gehen.

„Hören Sie zu, meine Großmutter, also ich meine Frau Voigt, wurde ermordet. Ich komme nach Deutschland und erfahre, das meine Großmutter nicht meine leibliche Großmutter gewesen sein kann, also wurde meine Mutter höchstwahrscheinlich adoptiert und sie sagen mir jetzt die Adoptionsurkunde ist weg?"

Kate griff in ihre Jackentasche und legte wortlos ihren FBI Ausweis auf den Tisch.

„Wow", sagte die jüngere der beiden Frauen wieder. „Ist der echt?"

Kate zog eine Augenbraue hoch und erntete ein verlegenes Lächeln.

Die Ältere, Frau Krause, deutete nach nebenan.

„Wir wollen den Publikumsverkehr nicht aufhalten, kommen sie bitte mit rüber."

Unter dem enttäuschten Blick ihrer jungen Kollegin schloss sie die Türe und bot Kate einen Platz an. Der fiel erst jetzt auf, dass Frau Krause keinesfalls erstaunt auf ihren FBI Ausweis reagiert hatte.

„Also, " begann diese. „Ihre Großmutter, also Frau Voigt, war vor ungefähr einem Vierteljahr bei mir. Es war unglaublich, aber sie wusste wirklich nichts über die näheren Umstände der Adoption. Zuerst fand ich keine Unterlagen, aber dann schon. Wir haben ein Archiv, das noch nicht vollständig digitalisiert ist, weil es ursprünglich nicht zu uns gehörte. Sagt ihnen der Begriff Lebensborn etwas?"

Kate schüttelte den Kopf. Sie ergriff das Glas Mineralwasser, dass Frau Krause ihr eingegossen hatte.

„Der Lebensborn war in der NS- Zeit ein eingetragener Verein, eine dieser Niederlassungen war hier, bei Wernigerode. Es ging, kurz gesagt darum, die Geburtenrate von arisch reinen Kindern zu fördern, das heißt, gerade ledigen Müttern wurde die Möglichkeit gegeben, hier zu entbinden, vorausgesetzt sie waren selbst arisch. Viele dieser Kinder wurden dann adoptiert von Familien, die entweder selbst keine Kinder bekamen oder noch weitere wollten. Ihre Mutter schien so ein Fall zu sein. Ich habe die Adoptionsurkunde schließlich gefunden."

Kate lehnte sich zurück und schloss einen kurzen Moment die Augen. Warum hatte sie darauf keinen Hinweis bei den Papieren ihrer Großmutter gefunden?

Sie hörte, wie sich Frau Krause erhob und nach kurzer Zeit zurückkam. Sie legte Kate ein Schriftstück hin.

„Die Adoptionsurkunde", sagte sie.

Kate starrte das vergilbte Blatt Papier eine Weile an, ehe sie es zögernd ergriff.

Die Urkunde sagte aus, dass Maria Clara Mendel geb. am 03. Oktober 1939, Tochter der ledigen Kinderpflegerin Ingeborg Mendel von Oberstabsarzt Dr. med. Johannes Wilhelm Voigt und dessen Ehefrau Clara geb. Bogenfeld am 14.August 1943 adoptiert wurde.

Sie war unterschrieben mit einer kindlich anmutenden Unterschrift von Ingeborg Mendel und der schwungvollen Unterschrift von Doktor Voigt, der auch in Vertretung seiner abwesenden Frau unterzeichnete.

Als Zeugin war einer Oberschwester Gertrude von Begelstein aufgeführt. Darunter der Notarstempel eines Doktor Wildermuth.

Frau Krause legte Kate eine Kopie der Urkunde hin. „Sie werden das sicher mitnehmen wollen."

Diese nickte.

„Meine Großmutter?"

„Sie hat sich lediglich einige Notizen gemacht, aber die Urkunde." Frau Krause schüttelte den Kopf. „Sie hat sie nicht einmal angefasst."

Kate verstand plötzlich, warum die Frau sich so genau an ihre Großmutter erinnert hatte.

„Im Übrigen hatte sie erwähnt, dass ihre Enkeltochter beim FBI ist. Ich hatte keinen Grund an ihrer Aussage zu zweifeln, daher war ich nicht erstaunt, als sie den Ausweis gezeigt haben."

Kate reichte ihr lächelnd die Hand.

„Ich danke ihnen, Frau Krause und im Übrigen, sie wären ein guter Kandidat für einen Agenten beim FBI."

Kapitel 7

Kate betrat die kleine Kaffeerösterei, die nicht weit von ihrem Hotel entfernt lag.

Hauptkommissar Mike Köhler hatte ihr den Vorschlag gemacht sich hier zu treffen. Als sie den kleinen Laden betrat, umwehte sie der Duft nach frisch geröstetem Kaffee. Sie atmete tief ein und entspannte sich sichtlich.

Nachdem sie aus Wernigerode zurückgekommen war, hatte sie keinen Schlaf finden können, immer wieder kreisten ihre Gedanken um die mysteriöse Adoptionsurkunde und die Rolle, die der Besuch ihrer Großmutter im Standesamt von Wernigerode gespielt haben mochte.

Sie sah einen jungen Mann hinter dem Tresen an einer versilberten Maschine arbeiten, er nickte ihr lächelnd zu, als sie auch schon auf einer alten Couch sitzend, Mike entdeckte.

Die Einrichtung, zwei Tische, eine Couch, verschiedene, nicht zueinanderpassende Stühle und Sessel wirkte irgendwie hip und Kate fühlte sich spontan wohl.

Sie reichte dem Hauptkommissar die Hand und setzte sich ihm gegenüber in einen 70-ziger Jahre Sessel. Der junge Mann nahm ihre Bestellung auf und Mike sagte, als dieser sich entfernt hatte. „Sie sehen erschöpft aus."

Kate lächelte halbherzig. „So ein nettes Kompliment erhält man nicht alle Tage."

Dann wurde sie ernst, zog die Urkunde aus der Tasche und reichte sie ihm. Kurz und chronologisch erzählte sie, was seit ihrem Besuch in der Pathologie passiert war, nur einmal unterbrochen durch den jungen Mann, der ihren Cappuccino servierte.

Hauptkommissar Köhler legte die Stirn in Falten.

„Puh", sagte er und lehnte sich zurück.

„Sie hatten Glück, das sie im Standesamt alle Auskünfte bekommen haben. Leider musste ich über das Wochenende ein paar persönliche Dinge klären."

Kate hob die Hand, um anzudeuten, dass dies wirklich seine Sache war, auch wenn sie sich doch dafür interessierte, wie sein Familienleben wohl aussah. Vielleicht kann er Gedanken lesen, dachte sie, als er scheinbar unbeirrt fortfuhr.

„Meine Schwester lebt seit ein paar Jahren in Holland und jetzt ist es an mir, mich um unsere Mutter zu kümmern. Sie musste zur Reha nach einer Schenkelhalsfraktur, da musste ich alles packen, sie fahren und jetzt habe ich noch ihren unsäglichen Kater am Hals. Und meine Schwester, als stolze Mutter von vier Kindern, ist der Meinung, dass ich als Single so etwas doch hinbekomme."

Er schnaubte und sah dann Kate wieder an.

„Entschuldigen sie, ich jammere hier herum."

Kate lächelte, froh, dass er ihr in wenigen Sätzen seine Lebenssituation anvertraut hatte.

„Ich weiß, wie das ist. Unseren Beruf sieht dabei niemand."

Er lenkte ihre Aufmerksamkeit wieder auf die Urkunde.

„Ich kann versuchen, herauszubekommen was mit dieser Ingeborg Mendel passiert ist, ich habe da ein paar Kontakte."

Kate nahm einen Schluck von dem ausgezeichneten Cappuccino. „Danke, das wäre nett. Und gibt es sonst noch etwas Neues?"

Er schüttelte bedauernd den Kopf.

„Haben sie noch etwas vermisst aus dem Nachlass ihrer Groß..., ich meine Frau Voigt."

Kate atmete tief ein.

„Sie können sie ruhig weiter meine Großmutter nennen, ich tue es für mich auch noch. Immerhin habe ich sie fast 45 Jahre dafürgehalten. Also, was soll es?"

Sie lehnte sich wieder bequem zurück und atmete den herrlichen Duft des frisch gebrühten Kaffee ein. Der Hauptkommissar hatte recht, dass hier war ein El Dorado für Kaffeeliebhaber.

Schließlich wandte sie sich wieder an Mike.

„Nein, ihre Nachbarin ist ja überzeugt, es handelt sich um einen aus dem Ruder gelaufenen Raubmord von Osteuropäern."

Der Hauptkommissar drehte die Augen nach oben.

„Oh ja, das durfte ich mir auch schon anhören. Aber ich halte ihre Großmutter nicht für so leichtfertig, wildfremde Menschen hereinzulassen und mit ihnen Tee zu trinken."

Kate nickte zustimmend. Wenn ihre Großmutter eines nicht gewesen war, dann altersdement. Außerdem war sie immer schon vorsichtig gewesen und hatte niemand zu schnell vertraut. Das ging auch aus der Tatsache hervor, dass sie zum Beispiel dem Pflegedienst keinen Schlüssel zu ihrem Haus gegeben hatte. Nein, sie musste ihren Mörder genau gekannt und vertraut haben.

„Das passt alles nicht zu einem Raubmord, es deutet für mich alles auf eine Beziehungstat", sagte er und sah Kate an. Sie spürte, dass sie in diesem Moment wieder eine Kollegin für ihn war, nicht die hinterbliebene Enkeltochter.

Zustimmend nickte sie.

„Aber leider weiß ich sehr wenig über sie und ihre Kontakte. Und Frau König, ihre Nachbarin, ist auch keine wirkliche Hilfe, weil sie sich zu sehr auf diese Raubmordtheorie versteift hat. Ich möchte nachher nochmals in den Pflegedienst und mich dort bedanken. Vielleicht erfahre ich noch etwas durch diese Schwester Nicole."

Der Hauptkommissar lehnte sich zurück.

„Die Befragung der jungen Frau hat auch nicht viel ergeben. Sie scheint Frau Voigt geradezu verehrt zu haben, weil sie ihr bei den Prüfungen geholfen hatte. Ein naives, liebenswertes Ding, wenn sie mich fragen."

Kate lachte leise auf. „Harte Worte, Herr Hauptkommissar."

Er lächelte zurück und Kate wurde klar, wie attraktiv er aussah, besonders jetzt, wo er nicht hinter dem Schreibtisch saß, sondern sich bequem in Jeans und Poloshirt auf der Couch zurücklehnte.

Es verwirrte sie etwas. Sie war hier, um herauszufinden wer die Frau, die sie bisher für ihre Großmutter hielt, ermordet hatte und wer diese geheimnisvolle Ingeborg Mendel war. Stattdessen fand sie den ermittelnden Hauptkommissar attraktiv und interessierte sich für dessen Familienstatus.

Fast abrupt erhob sie sich. Als er sie erstaunt ansah, deutete sie auf ihre Uhr.

„Ich habe einen Termin im Pflegedienst, danke für den Kaffee."

Er erhob sich ebenfalls. „Und ich melde mich sowie ich etwas weiß."

Kate entschied sich, unter der freundlichen Beratung des Besitzers der Kaffeerösterei, für einen kleinen Präsentkarton mit verschiedenen Kaffeesorten für die Mitarbeiter des Pflegedienstes mitzunehmen. Langsam ging sie die Bahnhofstraße hinauf und rätselte noch immer über ihr Interesse an der Person von Mike Köhler.

Fast wäre sie am Pflegedienst vorbeigegangen, der sich im Erdgeschoss eines hohen Hauses befand, das im zweiten Weltkrieg zerbombt und danach im stalinistischen Baustil wiederaufgebaut worden war. Dunkel erinnerte sich Kate, dass das hier früher eine Fleischerei gewesen war und sah vor ihrem geistigen Auge noch die hellblauen Kacheln an den Wänden und hatte plötzlich auch den Geruch von geräucherter Wurst in der Nase.

Im ehemaligen Schaufenster stand ein großes Schild, das mit *„Pflegedienst Heimat- einfach Daheim"* warb, was sie etwas kitschig fand.

Sie betrat das Sekretariat, das mit hellen Möbeln sehr modern eingerichtet war und das mit nichts mehr an die hohen gekachelten Wände erinnerte, als aus der hinteren Türe ihr eine zirka 20-jährige, attraktive Frau entgegenkam. Das hellbraune Haar trug sie elegant zu einem Zopf gebunden und das Business-kostüm war keinesfalls von der Stange.

„Guten Tag, mein Name ist Katherina Schulz. Meine Großmutter, Frau Voigt war Klientin von ihrem Pfle-gedienst."

Die junge Frau trat näher an Kate heran und reichte ihr die diskret manikürte Rechte. „Heimat, Nadja Heimat."

Kate begriff sofort und musste lächeln. „Ach so, sie heißen Heimat, ich dachte, es ist nur einfach ein Wortspiel."

Die junge Frau lächelte zurück. „Das denken viele, zumal wir den Namen zum Slogan gemacht haben." Plötzlich schien sie sich zu erinnern, wen sie vor sich hatte und wurde ernst.

„Entschuldigen sie vielmals, mein aufrichtiges Bei-leid."

Kate nickte. „Danke, aber die Bindung zu meiner Großmutter war nicht so, ähm, eng."

Sie stellte den schlicht gestalteten Karton auf den Tisch vor ihr. „Ich wollte mich bei den Mitarbeitern ganz herzlich bedanken für die gute Pflege meiner Großmutter."

Sie deutete auf den Karton, dem ein unnachahmlicher Kaffeegeruch entströmte.

„Recht vielen Dank. Unsere Mitarbeiter werden sicher gern hören, dass sie mit uns zufrieden waren, trotz allem."

Sie brach ab, als wisse sie nicht, was sie noch sagen sollte. Kate versuchte es über die rein sachliche Ebene. „Gibt es noch irgendwelche finanziellen Verpflichtungen?"

Die junge Frau atmete etwas auf, scheinbar war sie froh über den Themenwechsel.

„Meine Mutter ist die Geschäftsführerin und für die gesamte Abrechnung zuständig, sie wird jeden Augenblick zurückkommen. Kommen sie doch bitte inzwischen mit in mein Büro."

In diesem Moment ging die Eingangstür auf und eine Frau stand, Kate anstarrend, im Türrahmen.

„Katherina? Kate Schulz?"

Kate sah die Frau verdutzt an, dann sah sie hellgraue Augen, die sie erstaunt, aber auch verschmitzt anschauten. Eine Erinnerung kam in ihr hoch und formte sich zu einem Bild.

„Michaela? Michi Herbst?"

Die Frau sprang geradezu auf Kate zu und drückte sie fest an ihren voluminösen Busen, der in einer hochwertigen, wenn auch stramm sitzenden, hellblauen Bluse steckte.

Die junge Frau sah verdutzt auf diese Wiedersehensszene, bis ihre Mutter Kate losließ.

„Das ist Kate, meine alte Schulfreundin. Mensch, wie lange ist das her?"

„Dreißig Jahre." Kate schüttelte den Kopf. „Dann bist du jetzt…?"

„Michaela Heimat, die Chefin hier, ja."

Sie deutete auf ihre Tochter.

„Das ist Nadja, meine Große. Sie ist die Pflegedienstleiterin und meine rechte Hand."

„Hast du noch mehr Kinder?", fragte Kate und Michaela nickte.

„Ja, noch eine Tochter, Annalena, sie nennt sich allerdings Abby", sagte sie in einer Tonlage, in dem man ein Sturmtief ankündigen würde.

„Und du, was machst du? Ich weiß ja das du damals in die Staaten bist."

Kate wollte schon anfangen zu erzählen, als Michaela abwinkte. „Nein, du kommst heute zum Abendessen zu uns. Da haben wir dann Zeit zum Quatschen, hier zwischen Tür und Angel, das wird doch nix. Außerdem habe ich in 10 Minuten einen Termin."

Sie gab Kate eine Visitenkarte. „18.00 Uhr und sei pünktlich", sagte sie, drückte Kate noch mal fest an sich und rauschte hinaus.

Verdutzt sah Kate ihr nach und lachte plötzlich auf, als das klacken der Absätze nicht mehr zu hören war.

„Michi, der Wirbelwind, da hat sich nichts geändert", sagte sie zu deren Tochter und wedelte mit der Visitenkarte.

„Also dann, bis heute Abend."

„Abby, so, so." Kate drückte der zierlichen 18-jährigen Annalena die Hand. Es war unschwer zu erkennen, dass Annalena Heimat Abby Sciuto aus Navy CIS zu ihrem großen Vorbild erkoren hatte. Die schwarz gefärbten Haare waren zu Zöpfen geflochten und standen, ähnlich wie bei ihrem Vorbild, an beiden Seiten des Kopfes ab. Ihre Gothic- Kleidung bestand aus einer schwarzen Bluse, einem rot-schwarzen Mieder, dessen viktorianische Schnürung ihre zarte Taille betonte, einem sehr kurzen, schwarzen Tüllrock und schwarzen Strümpfen mit Naht. Für die rot-schwarzen Schuhe, so dachte Kate, müsste man glatt einen Waffenschein beantragen. Annalena Heimat drückte Kates Hand erstaunlich fest. „Ist es wahr, sie sind eine echte FBI-Agentin?" Ihre Mutter rollte die Augen. Sie saßen nach einem wunderbaren Essen, an dem außer Kates Schulfreundin Michaela, nur deren älteste Tochter Nadja teilgenommen hatte, die sich danach diskret verabschiedete, um die beiden Frauen, die sich sicher viel zu erzählen hatten, allein zu lassen, im Wintergarten des stattlichen Hauses.

Michaela bei Rotwein und Kate bei Mineralwasser, was ihre Schulfreundin mit einem verächtlichen Schnauben kommentiert hatte. Kate erfuhr, dass Michi seit vielen Jahren geschieden war und mit ihren beiden Töchtern das Haus bewohnte, das ihr ihr geschiedener Mann großzügig überlassen hatte, als er, von einem Tag auf den anderen, nach Indien ausgewandert war.

„Selbstfindungstripp", sagte sie kopfschüttelnd, während sie die zweite Flasche Chateau de Mornag entkorkte, und sich wieder großzügig einschenkte.

Dabei zeigte sie keinerlei Ausfallserscheinungen, wie Kate erstaunt feststellte.

„Diese Art hat er Annalena vererbt, sie ist wie ihr Vater, ständig irgendeine neue Marotte. Jetzt macht sie Abitur und hat natürlich keine Ahnung was sie danach machen will. Nadja ist eher wie ich."

Damit hatte sie den Charakter ihrer Töchter grob umrissen, als Annalena ins Zimmer kam.

„Lass Kate in Ruhe", sagte ihre Mutter und warf dieser einen entschuldigenden Blick zu.

Kate lächelte. „Nein, nein, ist schon okay. Ja, bin ich. Und um es einmal einfach zu sagen, meine Arbeit ist nicht so wie in Navi CIS."

Abby runzelte die Stirn.

„Das weiß ich", murmelte sie leicht gereizt und wollte das Zimmer schon verlassen, als Kate nach ihrem Arm griff.

„Das war nicht so gemeint, entschuldige. Aber du ahnst nicht wie viele Menschen das denken, und das nervt. Ich hätte dich nicht in diese Kategorie einreihen dürfen, sorry."

Abby blieb stehen, sah Kate an und lächelte.

„Ist doch verständlich. Aber ich stelle mir ihren Job spannend vor."

„Das ist er auch, sonst würde ich ihn wohl auch nicht machen. Aber wie überall nimmt auch bei uns die Bürokratie zu, schreiben seitenlanger Berichte, unzählige Anträge, das verdirbt einem schon die Freude daran. Aber sonst, ja, er ist spannend."

Sie dehnte sich etwas und sah zur Uhr.

„Oh Gott, nach Mitternacht, ich sollte mich auf den Weg machen, kannst du mir ein Taxi rufen?"

Michaela zuckte die Schultern.

„Sieht bei uns hier um diese Zeit schlecht aus, aber ich fahre dich."

Als Kate auf die anderthalb leeren Rotweinflaschen schaute, zuckte sie mit den Schultern.

„Mache ich auf dich einen nicht fahrtüchtigen Eindruck?"

Abby schüttelte den Kopf. „Also wirklich, Ma. Ich fahre deine Schulfreundin in ihr Hotel."

Erleichtert atmete Kate aus. „Das finde ich ja wirklich nett."

Sie umarmte Michaela. „Wir sehen uns bestimmt bald noch mal. Danke für das wunderbare Essen."

Abbys Auto, ein kleiner Mini Cooper in den Farben Rot-Schwarz, erwies sich als überraschend komfortabel und blitzsauber.

Sie fuhren eine Weile durch die ruhigen Straßen in Richtung Innenstadt. „Wie sie sehen, bei uns werden nachts die Randsteine hochgeklappt", murmelte Abby.

Kate lachte, weil gerade wieder eine Erinnerung in ihr hochkam, wie bereits den ganzen, vergangenen Abend.

„Das haben wir schon vor dreißig Jahren gesagt, da scheint sich nichts geändert zu haben. Im Übrigen, du kannst mich Kate nennen."

Sie sah das breite Lächeln in Abbys Gesicht, denn sie hatten jetzt den helleren Teil der Stadt erreicht und durch die Straßenlaternen und Reklamen war das Innere des Autos gut ausgeleuchtet.

„Danke", murmelte diese und bremste. „So, schon da."

Kate nahm ihre Tasche, als ihr etwas einfiel.

„Sag mal Abby, kennst du dich im Pflegedienst deiner Ma etwas aus?"

Diese nickte. „Ich bin ja praktisch dort aufgewachsen, klar."

„Also, diese Nicole, die meine Großmutter betreute, kennst du sie?"

Abby legte den Gurt ab und setzte sich so, dass sie Kate ansah.

„Ja, das ist so ein richtiges Herzl. Sie arbeitete schon jahrelang bei meiner Ma als Hilfskraft, bis die sie dann überredete, nebenbei einen Abschluss zu machen. Es ist ihr schwergefallen, sehr schwer, aber alle haben ihr geholfen, so gut es eben ging. Ich habe Englisch mit ihr gepaukt, es war zum Verzweifeln, ich glaube, sie spricht das beste vogtländische Englisch, was ich je gehört habe."

Kate lächelte. „Danke, du hast mir sehr geholfen."

Sie reichte Abby die Hand.

„Und wenn noch mal was ist, jederzeit", sagte Abby schnell und Kate spürte, wie wichtig es der jungen Frau war ihr helfen zu können.

„Danke, ich komme bestimmt darauf zurück."

Abby griff zu ihrem Smartphone.

„Wollen wir die Nummern tauschen?"

Nachdem sie das gemacht und Kate sich verabschiedet hatte, sah sie sinnend den Rückleuchten des Minis hinterher. Vielleicht war es gut, dieses Vertrauensverhältnis zu der jungen Frau aufgebaut zu haben. Damit hatte sie vielleicht einen Draht zu dem Pflegedienst, den die Polizei nicht zu haben schien.

Sie hatte mit Michaela besprochen, dass sie sich mit Nicole unterhalten wollte. Allerdings hatte sie ihrer Schulfreundin gesagt, sie wolle sich für die gute Betreuung ihrer Großmutter direkt noch einmal bei ihr bedanken.

Irgendwie schien Michaela von dem Gedanken nicht so begeistert zu sein, hatte aber kein Argument dagegen gefunden.

„Also gut, ich gebe Nadja Bescheid, ich bin für eine Woche in Berlin zur Schulung", sagte sie schließlich zögerlich.

Als Kate jetzt in ihr Hotelzimmer ging, dachte sie nochmals darüber nach. Nachdem, was Michaela ihr heute Abend erzählt hatte, schien der Pflegedienst gut, sehr gut zu laufen.

Auch wenn das Haus, das sie bewohnte, noch aus der Zeit ihrer Ehe stammte, so war doch die Inneneinrichtung neu und ziemlich hochwertig. Sowohl sie als auch ihre Töchter trugen ausschließlich Markenkleidung und fuhren, bis auf Abby, Autos der Oberklasse.

Kurzum, ihre Einnahmen mussten beträchtlich sein.

Selbst wenn sie da und dort bei der Abrechnung schummeln sollte, glaubte Kate nicht an einen Betrug im großen Stil. Auch wenn sie Michaela 30 Jahre nicht gesehen hatte, so konnte sie sich nicht verändert haben.

Über ihre eigenen Gedanken etwas entsetzt, schüttelte sie den Kopf. Wenn ein anderer Beamter das zu ihr gesagt hätte, wäre sie in schallendes Lachen ausgebrochen. So war es scheinbar, wenn man in eine Sache zu tief privat involviert war.

Ganz gleich, sie würde Michaela im Auge behalten, schließlich hätte sie auch nie gedacht, dass ihre Schulfreundin ein handfestes Alkoholproblem entwickeln würde. Sie sah auf ihre Uhr, bereits nach 1.00 Uhr. Gut, sie würde morgen auf ihren Lauf verzichten und stattdessen ein Gespräch mit dieser Nicole führen.

Nicole Müller war das, was man gemeinhin als unscheinbaren Menschen bezeichnen würde. Durch-
schnittlich groß, eher etwas pummelig, mit braunen
Haaren und Augen saß sie in einem schlechtsitzen-
den Dienstkittel im Büro ihrer Chefin und sah eher
ängstlich als überrascht zu der fremden Frau auf, die
ihr die Hand reichte.

Nadja Heimat, wieder sehr chic in einem hellgrauen
Kostüm, lächelte mehr professionell als herzlich.

„Nicole, das ist Frau Schulz, die Enkeltochter von
Frau Voigt. Sie wollte sich gern mit dir unterhalten."

Obwohl sie ihren Ton bewusst neutral hielt, ahnte
Kate, dass auch ihre Tochter Michaelas Meinung
bezüglich dieses Gespräches teilte.

Nicole erhob sich und ergriff die Hand. „Mein aufrichtiges Beileid", murmelte sie und blieb verlegen
stehen. „Danke, aber setzen wir uns doch", sagte
Kate und nahm Platz.

Nach einem Blick auf ihre Chefin und deren kaum
merkliches Nicken, setzte sich auch Nicole.

Kate, die noch immer nicht wusste, wie sie die Situation einordnen sollte, sah zu Nadja hin, die noch einige Unterlagen ordnete, sich dann aber in Richtung
Tür bewegte.

„Ich bin im Dienstzimmer." Leicht pikiert schloss sie
die Tür etwas zu geräuschvoll hinter sich.

Kate bemerkte, dass Nicole ihrer Chefin mit einem
Blick hinterher sah wie ein Welpe, der an der Autobahn ausgesetzt wird. Das Mädchen machte einen
zutiefst unsicheren Eindruck auf sie.

„Ich möchte mich noch einmal ganz herzlich persönlich bei ihnen bedanken für die gute Pflege meiner Großmutter, Nicole. Ich darf sie doch so nennen?"
Die junge Frau wandte sich ihr jetzt zu und errötete leicht bei dem Lob. „Natürlich. Und es ist doch selbstverständlich, dass wir unser Möglichstes tun, um unsere Kunden bestmöglich zu betreuen."
„Gut auswendig gelernt", dachte Kate.
„Das ist leider nicht immer so selbstverständlich, aber meine Großmutter hat sehr gut von ihnen gesprochen, immer", sagte sie, obwohl dieses Thema nie zwischen ihrer Großmutter und ihr aufgekommen war.
Eine legitime kleine Lüge, die auch prompt belohnt wurde. Nicole lächelte sie an. „Das ist, das war sehr freundlich von ihrer Großmutter. Sie hat auch mir viel gegeben."
Kate sah sie verständnisvoll lächelnd an.
„Sie hat sicher Anatomie mit ihnen gepaukt?"
Ihr Gegenüber nickte. „Oh ja, ohne sie hätte ich meine Prüfungen nie geschafft."
Dann verstummte die junge Frau abrupt, weil sie zu fühlen schien, dass ihre Freude wohl nicht angemessen war bezüglich Kates Verlustes.
Sie sank wieder in sich zusammen und zuckte leicht, als Kate ihr die Hand auf die Schulter legte.
„Sie müssen kein schlechtes Gewissen haben, Nicole, sicher hat es meiner Großmutter Freude gemacht, einem jungen Menschen wie Ihnen behilflich zu sein eine gute Schwester zu werden."

Der jungen Frau rollten plötzlich die Tränen über ihr rundes Gesicht, sie erhob sich, stammelte etwas und rannte hinaus.

Nach zwei Minuten kam Nadja Heimat herein und sah Kate missbilligend an.

„Nicole ist völlig verstört, ich habe sie nach Hause geschickt", sagte sie vorwurfsvoll und Kate erhob sich.

„Das tut mir leid, ich wusste nicht, dass ihr der Tod meiner Großmutter so nahe gegangen ist. Ich wollte ihr nur danken für all die Freundlichkeit."

Ihr betroffener Tonfall machte scheinbar Eindruck auf Nadja. Zumindest wurde deren Gesichtsausdruck versöhnlicher.

„Naja, Nicole ist ein sehr sensibler Mensch und vielleicht hätten wir intervenieren müssen als wir bemerkten, dass sie eine so enge, auch private Bindung, zu Frau Voigt aufgebaut hat."

Kate zuckte leicht mit den Schultern. „Nun, es hat wohl beiden gutgetan und das ist doch die Hauptsache."

Nadja Heimat lächelte wieder ihr professionelles Lächeln. „Das ist nett, dass sie das so sehen."

Dabei schaute sie diskret zur Uhr, aber Kate war sich sicher, dass sie es bemerken sollte.

Kate erhob sich auch umgehend und reichte der jungen Frau die Hand.

„Danke nochmals für alles", sagte sie und ging mit einem Lächeln hinaus. Zumindest hatte sie jetzt mehr erfahren.

Kate hatte sich mit Mike vor der Pathologie verabredet, weil Doktor Amri den Leichnam von Frau Voigt zur Beerdigung freigeben wollte.

Als sie Mike nirgends entdecken konnte, ging Kate hinein, den Weg in Doktor Amris Büro kannte sie ja bereits.

Kurz vorher stoppte sie, weil sie seltsame Geräusche hörte, dann das leise Stöhnen einer Frau. Instinktiv griff Kate an ihre Hüfte, aber das vertraute Holster war nicht dort.

„Mist", murmelte sie leise und spähte vorsichtig um die Ecke.

Auf dem Boden in Doktor Amris Büro lag eine Frau, seine Assistentin, wie Kate sah, und versuchte, ihre Hände aus einer Fesselung zu befreien.

Daneben standen, zu Kates Erstaunen, der Pathologe und Hauptkommissar Köhler und beobachteten die verzweifelten Bemühungen der Frau.

Endlich war es dieser gelungen, sich zu befreien und sie sprang behände auf.

Doktor Amri sah auf seine Uhr. „Fünf Minuten", sagte er gelassen und Mike nickte.

Kate räusperte sich und betrat das Büro, drei Paar Augen sahen sie an.

„Störe ich?", fragte sie mit hochgezogenen Brauen.

Alle drei lachten. Die Assistentin nickte ihr zu.

„Wenn das alles war, mache ich mich wieder an die Arbeit?" Fragend sah diese ihren Chef an.

„Danke, Kerstin", sagte dieser und die Frau verschwand in dem diskret beleuchteten Flur.

Der Pathologe winkte Kate näher heran.

„Setzen sie sich doch. Wir haben nochmals die Theorie überprüft ob ihre Großmutter, also ich meine Frau Voigt, sich selbst fesseln konnte, beziehungsweise sich hätte befreien können."

Kate nahm auf einem Stuhl Platz und sah die beiden Männer an, als wären sie komplett übergeschnappt.

„Und dazu missbrauchen sie ihre Assistentin?"

Sie schüttelte den Kopf.

Amri und Mike Köhler grinsten.

„Das ist noch gar nichts. Wir wurden einmal zu einem Einsatz im Wald gerufen. Ein Wahnsinniger würde dort seine Frau an einem Baum gefesselt mit einer Waffe bedrohen. Glücklicherweise hatte der Zeuge die Nummer des Wagens, der nur ein paar Meter entfernt am Waldrand stand mit durchgegeben und so konnte ich gerade noch einen Großeinsatz verhindern", erzählte Letzterer.

Der Pathologe grinste immer noch.

„Kerstin hatte sich bereit erklärt, die Situation mit mir nachzustellen. Am Ende konnte ich nachweisen das die Frau, die einen Mann beschuldigt hatte, sie gefangen genommen, an einen Baum gefesselt und erst bedroht und dann vergewaltigt zu haben, eindeutig gelogen hatte. Sie hatte ihren Freund ertappt, dass er fremd ging und die vermeintliche Tat so konstruiert, dass es aussah, als wäre er der Täter, inklusive Spermaspuren. Sie hatte, wie er auch immer behauptet hatte, erst freiwillig mit ihm geschlafen und anschließend das Szenario recht glaubwürdig dargestellt. Wirklich clever, aber letztlich konnte ich sie überführen."

Kate war beeindruckt vom Engagement des Pathologen, wenn auch seine Methoden ihr doch etwas fragwürdig erschienen.

Doktor Amri räusperte sich.

„Nun, sie können ihre Großmutter…ähm, Frau Voigt, beerdigen lassen. Wenn sie ein Bestattungsunternehmen beauftragen, kann die Verstorbene hier abgeholt werden."

Kate nickte. „Danke, es wird eine größere Sache werden. Ich habe schon viele Anfragen bekommen wegen der Beerdigung. Meine Großmutter hatte doch einen größeren Bekanntenkreis als gedacht."

Der Pathologe sah den Hauptkommissar, dann Kate an.

„Wollen wir in der Cafeteria einen Kaffee nehmen?" Beide nickten und als sie eine Weile später zusammensaßen, mit Kaffee und einem großen Tablett unterschiedlicher Sandwiches und Muffins, brachte Mike sie auf den aktuellen Stand der Ermittlungen.

„Die Spurensicherung hält sich ziemlich vage. Also es sind verschiedene Spuren vorhanden, die meist zugeordnet werden konnten, die Nachbarin, die Kleine vom Pflegedienst und so weiter. Man geht davon aus, dass der Täter Handschuhe getragen hat. Die Spuren, die dazu gefunden wurden, lassen auf einfache, handelsübliche Einmalhandschuhe deuten. Fußspuren negativ, es war auch trocken und diese Nicole vom Pflegedienst hat gesagt, Frau Voigt habe großen Wert daraufgelegt, dass immer diese blauen Schuhschoner getragen worden sind, es lagen immer welche in der Diele, wie viele und ob welche fehlen konnte sie natürlich nicht sagen. Die Spusi hat massenhaft Spuren davon als Abrieb an den Teppichen gefunden. Also ist diese Spur auch kalt. Das Motiv ist noch nebulöser. Raubmord, wie ich schon sagte, dafür gibt es keine Indizien. Warum sollte ein Raubmörder die Frau erst betäuben, dann mit Insulin und Digitoxin umbringen? Ich glaube nach wie vor an eine Beziehungstat, aber warum, das ist immer noch die Frage. Unsere Ermittlungen haben ergeben, dass Frau Voigt eine streitbare alte Dame war, aber mit niemand solche Zerwürfnisse hatte, die ein solches Verbrechen rechtfertigen."

Kate nickte.

„Und dass sie mit dem Täter wohl kaum vorher eine Auseinandersetzung hatte, zeigte sich, dass sie Tee getrunken haben."

Mike hob die Hand.

„Moment, eine zweite Tasse war nirgends zu finden, weder im Geschirrspüler noch wo anderes. Die restlichen fünf Teetassen, übrigens aus feinstem chinesischem Porzellan, standen scheinbar unberührt im Schrank. Es gab keine Spuren, das eine benutzt, dann aufgewaschen und wieder dazugestellt worden war."

„Vielleicht hat sie allein Tee getrunken, hat den späteren Mörder hereingelassen und er hat in einem unbeachteten Moment die K.o. Tropfen in den Tee gerührt", warf Doktor Amri ein.

„Trotzdem", beharrte Kate. „Sie muss ihm oder ihr vertraut haben, sie hätte niemand ins Haus gelassen, der ihr irgendwie suspekt vorgekommen wäre."

Mike nickte, er erinnerte sich, dass Kate, aber auch die Nachbarin, ihm das bereits mehrfach versichert hatten.

„Zumindest konnten wir so den ungefähren Todeszeitpunkt ermitteln. Laut Frau König, der Nachbarin, hielt Frau Voigt schon seit Jahren zwischen 16.30-17.00 Uhr ihre Teatime. Daran hat sie nicht gerüttelt. 19.00 Uhr kam der Pflegedienst zur Insulininjektion, als sie nicht öffnete, ging die Schwester zu Frau König. Sie haben dann beide bei Frau Voigt geklingelt und geklopft, dafür gibt es Zeugen und sind gegen 19.15 Uhr schließlich mit dem Schlüssel, den Frau König hatte, ins Haus. Damit haben wir ein klares Zeitfenster."

Er sah den Pathologen an.

„Zu dieser Zeit war sie mindestens schon 2 Stunden tot, wie schwer die genaue Zeit in einem kühlen, aber nicht kalten Raum zu ermitteln ist, muss ich wohl nicht näher erläutern", sagte dieser kauend.

Er sah Kate an.

„Allerdings ", bekräftigte diese und lehnte sich zurück. Sie hatte noch nichts gegessen und verspürte auch keinen Hunger, musste aber den Appetit von Omar Amri bewundern, der unverdrossen Muffins und Sandwiches in sich hineinstopfte.

Mike kaute schon seit Längerem an einem Schokomuffin herum, der nicht sein Geschmack zu sein schien, aber er wollte wohl Doktor Amri, der sie eingeladen hatte, nicht beleidigen.

Schließlich biss er noch einmal kräftig ab, wischte sich die Krümel aus dem Gesicht und schob Kate einen Zettel hinüber.

Regina Klauser stand darauf und eine Adresse. Diese sah ihn fragend an und er senkte etwas den Blick.

„Die Tochter von Ingeborg Heckel, geborene Mendel." Er räusperte sich. „Aber von mir haben sie die Adresse nicht."

Kate nickte und lächelte ihn an.

„Danke", sagte sie und spürte, wie ihr Puls zu rasen begann. Würde das die Spur sein, die sie suchte?

War diese Frau ihre leibliche Tante?

Stirnrunzelnd sah sie auf die Adresse.

„Wo in Gottes Namen liegt denn Neualpenreuth?"

Kapitel 8

Kate musste klare Prioritäten setzen, also musste der Besuch bei Frau Klauser noch warten.

Als Erstes war die Beerdigung ihrer Großmutter zu planen. Sie hoffte, dass Frau König, die Nachbarin, ihr hierbei behilflich sein konnte. Immerhin schien sie alle Bekannten der Verstorbenen zu kennen und konnte ihr sicher auch ein Bestattungsunternehmen empfehlen.

Sie hatte bei Frau König angerufen, diese hatte erfreut eingewilligt und sie um 16.00 Uhr zum Kaffee eingeladen.

Kate war erstaunt, als sie vor dem Haus einparkte und Nicole Müller, die Pflegekraft vom Pflegedienst „Heimat", gerade die Treppe herunterkam und sorgfältig die Gartentür verschloss.

„Guten Tag, Schwester Nicole."

Kate sah, wie die junge Frau aufschaute und bei ihrem Anblick zusammenzuckte.

„Frau Schulz, guten Tag", stammelte sie und deutete auf die Tür. „Frau König ist zu Hause."

Kate lächelte.

„Ich weiß, sie erwartet mich. Ich wusste gar nicht, dass sie auch Frau König betreuen?"

Die junge Frau nickte wortlos, schloss das kleine Pflegedienstauto mit dem bekannten Slogan auf und drückte sich schnell hinter das Lenkrad.

Mit einem freundlichen, wenn auch nicht echten Lächeln, nickte sie Kate nochmals zu und fuhr davon.

Stirnrunzelnd sah Kate ihr nach. Warum war die junge Frau ihr gegenüber so gehemmt?

Mit dem Tod ihrer Großmutter konnte es nichts zu tun haben. Wie Hauptkommissar Köhler ihr versichert hatte, war Nicole zur vermeintlichen Tatzeit laut Dienstplan und auch durch die digitale Einsatzplanung bestätigt, im anderen Teil der Stadt unterwegs und hätte zwischen den Einsätzen keine Zeit gehabt, hierher zu fahren.

Überhaupt hätte die Schwester, nach allen bisherigen Recherchen, keinen Grund gehabt, ihre Patientin, die sie sogar so stark unterstützt hatte, zu töten.

Auch Kate war ihre sichtliche Betroffenheit echt erschienen. Nein, diese Befangenheit ihr gegenüber musste etwas mit dem Pflegedienst zu tun haben.

Kate öffnete das Gartentor. Aber das musste jetzt erst einmal warten. Auf ihr Läuten öffnete Frau König mit einem strahlenden Lächeln und deutete ins Wohnzimmer. „Gehen sie schon durch."

Als Kate das Wohnzimmer betrat, erhob sich ein alter Mann aus einem der Sessel und trat auf sie zu.

„Katherina", sagte er und streckte ihr die Hand entgegen.

Kate stutzte einen Augenblick und sah in ein wettergegerbtes, faltiges Gesicht, aus dem ihr zwei klare, graue Augen entgegenblickten.

„Herr Pfarrer Bromsig", sagte sie erstaunt und er schüttelte ihre Hand.

„Ja, mein liebes Kind und wenn uns auch ein trauriger Anlass zusammenführt, so bin ich doch froh und dankbar dich noch einmal sehen zu können."

Er deutete auf den Sessel ihr gegenüber und schenkte ihr Kaffee ein.

„Frau König hat mich darum gebeten, meine Hände sind noch etwas fitter als die ihren, dafür machen die Beine nicht mehr so recht mit."

Er zeigte auf einen massiven Stock, der in der Ecke lehnte und eher an einen Wander-als an einen Gehstock erinnerte. Dann sah er Kate aufmerksam an.

„Du bist also beim FBI?"

Kate, die erwartet hatte, dass er sie auf den Tod ihrer Eltern ansprechen würde, war dankbar über sein Taktgefühl und nickte erleichtert.

Sie erzählte ihm etwas über ihre Laufbahn und fragte dann nach ihm.

Natürlich war er schon längst in Pension, aber er erinnerte sich noch genau an Kate, die er nicht nur getauft, sondern ihr auch die Erstkommunion und die Firmung gespendet hatte. Auch wenn die Gesundheit nicht mehr so recht mitspielen wollte, ließ er es sich nicht nehmen, den jetzigen Pfarrer hin und wieder zu vertreten und vor allen Dingen ältere Gemeindemitglieder zu betreuen.

„Deine Großmutter kam nicht mehr regelmäßig zur Messe, es ging ihr öfter nicht so gut. Dann bat sie mich zu kommen. Darum ist es mir wichtig, auf ihrer Beerdigung die Predigt zu halten, wenn es dir recht ist natürlich."

Kate beeilte sich, ihm zu versichern, dass sie das sehr zu schätzen wisse und jetzt kam auch Frau König ins

Zimmer, die den beiden wohl eine Weile der Erinnerung hatte einräumen wollen.

„So, der Kuchen", sagte sie und schob geschickt einen kleinen Teewagen vor sich her, da sie den Teller nicht tragen konnte. Kate sprang auf und stellte diesen auf den Tisch.

In der folgenden Stunde besprachen sie alles für die Beerdigung, die Clara Voigt, zu Kates Erstaunen, detailliert mit ihrer Nachbarin geplant hatte.

Sarg, Musik, Blumen, Grabstätte, einfach alles.

Aber es war typisch für ihre Großmutter gewesen nichts dem Zufall zu überlassen, warum also nicht auch eine exakte Planung für das, was nach ihrem Tod zu geschehen hatte. Auch wenn sie dieses Ende nicht voraussehen konnte, so war doch ihre Diagnose klar gewesen und sie wäre in den nächsten Monaten verstorben.

Pfarrer Bromsig versprach, sich um das Bestattungsunternehmen zu kümmern und alle Arrangements, so, wie sie sie eben besprochen hatten, zu überwachen. Kate war ihm dankbar, denn so hatte sie einen freien Kopf für die andere, ihre persönliche Sache, die sie klären musste.

Während Kate sich auf der Autobahn A 72 Richtung Süden bewegte, ging sie immer wieder das bevorstehende Gespräch mit der Tochter von Ingeborg Mendel durch, ihrer Tante, denn das war sie.

Kate hatte vorher nicht angerufen, sie hatte recherchiert, dass Frau Klauser eine Pension in der Nähe der Kurtherme in Neualpenreuth betrieb und war sich daher sicher, sie dort auch anzutreffen.

Dank Navigationssystem kam sie am frühen Nachmittag dort an und stieg die Stufen zu dem schmucken Fachwerkhaus hinan. Sie klingelte bei „Pension Klauser" und die Tür öffnete sich automatisch.

Hinter einem rustikalen Tresen stand eine füllige Mittsechzigerin in einem Landhauskleid und lächelte Kate freundlich an.

„Grüß Gott, hatten sie reserviert?"

Kate trat näher und versuchte vergeblich in dem breiten, glatten Gesicht irgendeine Ähnlichkeit mit ihrer Mutter zu entdecken.

„Frau Klauser?", versicherte sie sich nochmals und als diese nickte, zog sie die Adoptionsurkunde aus der Tasche und legte sie auf den Tresen.

Mit einem Stirnrunzeln sah die Frau auf das Schriftstück und wurde blass.

„Was…?", fragte sie und brach ab.

„Dieses Mädchen war meine Mutter, ich habe erst jetzt erfahren, dass sie adoptiert worden war und ich wollte…"

Die Frau unterbrach Kate, indem sie die Urkunde zurückschob. „Gehen sie, ich will davon nichts hören, das habe ich schon Frau Voigt gesagt."

Kate, die gerade die Urkunde nehmen wollte, erstarrte. „Was, meine Großmutter war bei ihnen?"

Die Frau nickte heftig, ihre Blässe war inzwischen einer ungesunden Röte gewichen.

„Ja, sie hat mich über so einen Privatschnüffler ausfindig gemacht, hat sie ihnen das nicht gesagt?"

Kate schüttelte den Kopf.

„Nein, ich lebe seit 30 Jahren in Amerika und hatte nur wenig Kontakt zu ihr. Meine Großmutter wurde ermordet, darum bin ich nach Deutschland gekommen."

Die Frau wich zurück und griff sich an die Kehle.

„Oh Gott, ermordet?"

Kate nickte. „Ja, und erst durch die Autopsie habe ich erfahren, dass meine Mutter adoptiert wurde. Dann habe ich Nachforschungen angestellt."

Misstrauisch sah die Frau auf die Adoptionsurkunde in Kates Hand.

„Und das ging so einfach, auch dass sie meinen Namen erfahren haben?"

Es war Zeit, auch diesen Trumpf auszuspielen. Kate holte ihren Dienstausweis aus der Tasche.

„Ich bin beim FBI, da gibt es Möglichkeiten", ergänzte sie sibyllenhaft, aber Frau Klauser schien nicht beeindruckt.

„Auch hier bei uns in Deutschland? Ich denke, es wird jetzt alles so ernst genommen mit dem Datenschutz?" fragte sie und ihre Stirn lag noch immer in tiefen Falten.

„Ja, auch in Deutschland, wenn man die richtigen Register zieht", behauptete Kate selbstbewusst und schluckte, ohne dabei auf die Bemerkung mit dem Datenschutz einzugehen. Was konnte sie jetzt noch ins Feld führen?

„FBI oder nicht, ich werde mich nicht mit ihnen unterhalten. Ich lasse nicht das Andenken meiner Mutter in den Dreck ziehen, durch niemand. Gehen sie."

Die Frau streckte ihren Zeigefinger aus und deutete auf die Tür. Was blieb ihr übrig? Kate packte die Urkunde in ihre Tasche und ging.

An der Tür blieb sie stehen und sah die Frau nochmals an, die immer noch unversöhnlich mit dem Finger auf den Ausgang deutete.

„Ich hatte nicht vor das Andenken ihrer Mutter in den Dreck zu ziehen, ich wollte nur meine Wurzeln finden. Wenn ihre Mutter meine richtige Großmutter war…"

„War sie nicht", sagte die Frau und nahm den Finger herunter.

„Was?", fragte Kate erstaunt.

„War sie nicht, sagte ich. Meine Mutter war nicht ihre Großmutter. Ich weiß es aus ihren Tagebüchern." Kate blieb wie angewurzelt stehen.

„Dann könnte ich doch…"

„Nein", unterbrach die Frau sie schrill.

„Sie werden nicht in den Tagebüchern meiner Mutter lesen, all diese …Dinge…"

Sie fuhr mit den Armen so aufgeregt durch die Luft als könne sie diese *Dinge* verscheuchen wie ein paar wild gewordene Hühner.

Kate trat wieder näher an den Tresen heran.

„Aber sie könnten mir doch die entscheidenden Passagen, die meine Familie betreffen, vorlesen? Natürlich nur das, was sie für richtig empfinden."

Kate sah, dass die Frau entschieden ablehnen wollte, aber dann stutzte.

„Was ist mit ihrer Mutter?"

Kate stellte ihre Tasche wieder ab und trat an den Tresen heran. Sie legte beide Arme darauf und atmete tief ein.

„Meine Eltern saßen in einem der Flugzeuge vom 11. September", sagte sie schließlich leise und spürte plötzlich eine Hand auf der ihren.

„Das tut mir sehr leid. Vielleicht haben sie recht, sie sollten alles erfahren. Wollen sie sich nicht hier ein Zimmer nehmen? Wir könnten uns heute Abend zusammensetzen und ich lese ihnen etwas vor."

Kate atmete tief ein.

„Danke", sagte sie. „Danke, ich nehme sehr gern ein Zimmer."

Den Nachmittag verbrachte Kate in der nahegelege-
nen Therme, genoss die Saunalandschaft und versuchte bewusst, sich von all den Gedanken, die sie
beschäftigten, freizumachen und es gelang ihr auch.
Erst als sie in die Pension zurückkehrte und ein leichtes Abendessen einnahm, kehrten die Gedanken zurück.

Warum hatte Frau Klauser so steif und fest behauptet, ihre Mutter sei nicht die Mutter des Kindes, das
auf der Geburtsurkunde stand?

Es war gegen 20.00 Uhr als das Telefon in ihrem
Zimmer läutete und Frau Klauser sie in ihre Privat-
wohnung bat, die durch einen Gang mit der Pension
verbunden war.

Solide bayrische Gemütlichkeit erwartete sie in dem
kleinen Wohnzimmer. Ihre Gastgeberin hatte Tee
gekocht, der den Raum mit einem Duft an Pfeffer-
minze, Melisse und Hibiskus erfüllt und eine Schale
mit selbstgemachtem Gebäck stand bereit.

Daneben lagen, in graues Papier eingeschlagen, drei
Hefte in der Größe normaler Schulhefte. Überall zwi-
schen den leicht braun gefärbten Seiten ragten kleine
Lesezeichen hervor.

Nachdem Kate in einem der gemütlichen, buntge-
musterten Ohrensessel Platz genommen und von
ihrer Gastgeberin mit Tee versorgt worden war,
schlug diese das erste Heft auf, setzte sich eine zierliche Brille auf die Nase und sah über deren Rand Kate
an.

„Ich werde ihnen das vorlesen, was für ihre Geschichte relevant ist. Lassen sie mich eines sagen. Meine Mutter war 17 Jahre alt, ein Kind einer kinderreichen Bauernfamilie aus dem Fränkischen. Sie wollte unbedingt Kinderpflegerin werden und über die BDM, dem Bund deutscher Mädchen, kam sie in dieses…"

Sie stockte eine Weile, holte Luft und sagte etwas leiser: „Dieses Heim, den Lebensborn. Sie arbeitete dort erst nur als eine Art Helferin, ein Mädchen für alles. In ihrer Naivität erschien ihr dort alles wunderbar, dem Führer Kinder schenken, das schreibt sie auf jeder zweiten Seite."

Kate verstand plötzlich, warum Frau Klauser nicht wollte, dass irgendjemand die Tagebücher ihrer Mutter las. Diese Führerverehrung war ihr, wie der ganzen nachfolgenden Generation, nicht nur unverständlich, sondern zutiefst peinlich.

„Wir haben in dieser Zeit nicht gelebt, es ist leicht für uns aus dem heutigen Abstand etwas zu verurteilen", sagte sie und nickte ihrer Gastgeberin aufmunternd zu.

Diese seufzte. „Also gut."

21. August 1938

Heute habe ich einen Mann gesehen, der mich unheimlich
beeindruckt hat. Er stieg aus einem offenen Auto mit
Chauffeur, also das zeigt schon, dass er nicht unbedeutend
ist. Er trug eine elegant sitzende Uniform, ich kenne mich
immer noch nicht mit all den Rängen aus, es ärgert mich,
dass Marie das kann und ich nicht. Als er hinauf zur Oberin eilte, trat diese auf den Treppenabsatz und begrüßte
ihn sehr herzlich. Sie lächelte, das tut sie selten, also doch
ein bedeutender Mann. Dann kam auch Doktor Leucht
und salutierte vor ihm und schrie so laut „Heil Hitler" das
der Mann zusammenzuckte, der Leucht schreit immer so,
aber das konnte er ja nicht wissen. Plötzlich stand Marie
neben mir, natürlich musste sie auch aus ihrem Zimmer
kommen, sie ist so neugierig.

„Ein Oberstabsarzt", flüsterte sie, aber wohl nicht leise
genug, denn die Oberin hörte es scheinbar.

„Marie, Ingeborg", donnerte sie und wir kamen aus unserem Versteck unter der Treppe. „Habt ihr nichts zu tun?
Es ist ungehörig zu lauschen, das wird noch Konsequenzen
haben."

Der Gast war neben ihr stehen geblieben und schaute mit
einem wunderbaren Lächeln zu uns herunter.

„Sein sie nicht so streng, meine liebe Frau von Begelstein,
es sind doch junge Mädels."

Die Oberin wandte sich ihm zu.

„Natürlich Herr Oberstabsarzt, aber Zucht und Ordnung
ist nun mal das oberste Gebot, nicht nur in unserer Einrichtung, auch für unser gesamtes deutsches Volk. Wohin
kämen wir denn, wenn…"

Er hob die Hand.

„Sie haben recht, meine Liebe, wie immer, aber ich bitte nachdrücklich für diese beiden jungen Damen."
Daraufhin hat die Oberin wieder so komisch gelächelt und zu uns gesagt: „Also gut, aber jetzt Huschhusch an eure Arbeit."
Das ließen wir uns nicht zweimal sagen, als ich noch einmal nach oben sah, zwinkerte mir der Oberstabsarzt zu. Oh Gott, ich bin so aufgeregt."

Das war also die erste Begegnung zwischen ihrem Großvater und Ingeborg Mendel. Während ihre Gastgeberin weiter in dem Tagebuch nach hinten blätterte, nahm Kate einen Schluck Tee. Scheinbar hatte Frau Klauser ein neues Kapitel gefunden.

1. Dezember 1938
Ich bin verliebt, oh, ich bin so schrecklich verliebt. Ob Marie etwas ahnt, vielleicht, die Neugierige. Aber ich werde ihr nichts sage. Sie hat auch noch nicht herausbekommen, wo ich mein Tagebuch verstecke, da kann sie lange suchen. Die lose Diele wird sie nicht bemerken, zumal der alte Läufer darüber liegt, den eh niemand anhebt, denn Auguste macht dort nicht sauber, sie macht nur dort richtig sauber, wo die Oberin kontrollieren könnte.
Johannes wird heute Abend wiederkommen, das hat er mir versprochen. Johannes, ich darf das sagen, nur so für mich und unter uns, das hat er mir erlaubt, nachdem er mich geküsst hat, mein allererster Kuss, wenn man von dem vom Kindler, Franz absieht bei der letzten Kirmes, aber das war kein richtiger Kuss, bloß ein Schmatz. Nein, mit Johannes ist alles anders, er ist so vornehm, so klug.

Ich musste meinen Eintrag beenden, weil die Oberschwester nach mir rief, ich war ganz aufgeregt, was hatte ich bloß wieder falsch gemacht? Aber es kam alles ganz anders, sie ließ mich in ihr Privatzimmer kommen, das Allerheiligste, sagt Marie immer, da war noch keine von uns. Ich durfte mich setzen und mit ihr Kakao trinken, ich war so aufgeregt, dass ich etwas auf die fein geklöppelte Decke verschüttete, aber sie war gar nicht ärgerlich und lachte sogar darüber.

Dann sagte sie, der Oberstabsarzt Voigt möge mich sehr, er wolle, dass ich eine Ausbildung zur Kinderpflegerin machen kann, er habe sich sehr für mich eingesetzt und sie sei damit einverstanden. Ich war so aufgeregt, dass ich fast die feine Goldrandtasse fallen ließ. Die Oberin nahm mir die Tasse ab und blieb vor mir stehen, ich wollte auch aufstehen, aber sie wollte, dass ich sitzen bleibe.

„Du weißt", sagte sie, „dass der Herr Oberstabsarzt verheiratet ist?"

Da habe ich genickt.

„Seine Frau kann leider keine Kinder bekommen. Aber er möchte natürlich ein Kind, darum kam er zu uns."

Lange sah sie mich an, es war richtig unheimlich. Ich würde froh sein, wenn ich gehen durfte. Schließlich sagte sie:

„Wir haben hier viele Frauen und Mädels, die unserem Führer Kinder schenken, aber Doktor Voigt hat dich ausgewählt als Mutter seines Kindes. Ich hoffe, du bist dir der Ehre bewusst?"

Ich konnte nur stumm nicken.

Frau Klauser legte das Heft auf den Tisch und nahm einen Schluck Tee. Dann sagte sie: „Bitte ersparen sie mir die Details, mit der meine Mutter die-se…Beziehung beschrieben hat, es war für mich selbst nur schwer erträglich es zu lesen. Es dauerte genau einen Monat und sie wurde schwanger. Sie hatte, soweit man das so sagen kann, eine ziemlich gute Zeit. Sie musste nicht mehr arbeiten, sollte viel spazieren gehen und verbrachte ihre Zeit damit zu lernen, um sich auf das Pflegerinnenexamen vorzu-bereiten."

Sie nahm das zweite Heft, schlug es an der gekenn-zeichneten Stelle auf.

03. Oktober 1939
Heute früh kurz nach 6.00 Uhr ist mein kleines Mädchen geboren worden. Johannes war dabei, er machte mir zwi-schen den Wehen immer Mut, hielt mich und küsste meine Stirn. Als das Mädel geboren war, sah er es lange an und dann ging er hinaus. Ich war so enttäuscht, vielleicht, so denke ich jetzt, hat er sich einen Sohn gewünscht, obwohl er das nie gesagt hat, er meinte immer: „Hauptsache es ist gesund."
„Warum auch nicht?", hatte ich gefragt, aber er hat mir nie geantwortet. Ich bin doch gesund und er ist gesund, warum sollte unser Kind es nicht sein? Die Oberin hat das Kind genommen und es mir kurz gezeigt, ich konnte gar nicht so schnell hinschauen. Vorhin habe ich es dann zum Stillen bekommen, es hat nur ganz wenig getrunken und ist gleich eingeschlafen, meine kleine Maria.
Ihr kleiner Mund sieht ein bisschen komisch aus, so spitz

wie auch das Köpfchen, aber die Oberin sagte, das gebe sich noch. Sie muss es wissen. Jetzt muss ich schlafen.

5. Oktober

Maria trinkt noch immer nicht richtig. Johannes war heute da und sagte mir, ich solle mir keine Sorgen machen, vielleicht vertrage sie meine Milch nicht, er werde sich um eine Amme kümmern.
Ich will das nicht, ich will meine Kleine selbst stillen, das habe ich ihm auch gesagt. Da wurde er furchtbar wütend und sagte, immerhin sei er der Arzt. Es war unser erster Streit, ich bin so traurig.

7. Oktober

Johannes hat recht, wenn wir keine Amme finden wird Maria sterben. Sie hat so viel abgenommen, ist so leicht und zerbrechlich. Der Kopf ist so viel größer als der Körper und so spitz. Heute durfte ich sie wickeln. Lustig, sie hat das gleiche Muttermal wie ich, direkt am rechten Oberschenkel, es sieht aus wie ein kleiner Vogel. Meine kleine Schwester Resi hatte es auch. Als sie klein war, habe ich es immer angepustet und sie hat gegiggelt, aber Maria macht das nicht, sie reagiert gar nicht darauf.

8. Oktober

Heute hat Johannes Maria abgeholt, er bringe sie zu einer Amme bei München, dort würde sie sich schnell erholen, sagte er. Ich solle mir keine Gedanken machen, es würde ihr gut gehen. Ich bin so traurig, als ich sie zum letzten Mal in den Armen halte, aber sie ist so schwach, dass es mir Angst macht.
Traurig bin ich auch, dass ich Johannes erst einmal lange

117

nicht sehen werde, er wurde versetzt irgendwo nach Os-
ten, Breslau glaube ich. Eine wichtige Mission hat mir die
Oberin gesagt und ich solle ihm den Abschied nicht schwer
machen. Das tue ich auch nicht. Er sagt mir noch, dass ich
fleißig auf mein Examen lernen soll, gibt mir einen Kuss
auf die Stirn und dann ist er weg und mit ihm Maria.

Auch dieses Heft legte Frau Klauser weg und nahm
ihre Brille ab. Kate sah sie an.
„Warum gehen sie davon aus, dass es sich bei dem
Kind nicht um meine Mutter gehandelt hat?", fragte
sie, nachdem sie ihrer Gastgeberin einen Augenblick
gegeben hatte, wieder im Hier und Jetzt anzukommen. Sie war sichtlich von dem Vorlesen erschöpft,
emotional, nicht physisch.
Jetzt goss sie erst ihnen beiden Tee nach und nahm
sich ein Gebäckstück, das sie unberührt auf ihren
Teller legte.
„Ich weiß es, weil ich bereits alles gelesen habe. Meine Mutter machte ihr Examen und arbeitete als Kinderpflegerin im Heim weiter. Sie schreibt, dass sie
durch ihre Ausbildung gelernt hatte, dass Maria mit
einer Missbildung des Kopfes und des Mundes zur
Welt gekommen war und deshalb nicht trinken konnte. Allerdings hatte sie es nie gewagt Nachforschungen anzustellen, die Oberin habe sie beruhigt, dem
Kind gehe es auf dem Bauernhof bei München gut,
auch von Doktor Voigt hatte sie nichts mehr gehört,
außer einem formellen Glückwunschschreiben zu
ihrem Examen."

Kate wollte nicht weiter in Frau Klauser dringen, aber sie war mehr als ungeduldig. Was würde die Lösung sein?

Schließlich erbarmte sich ihre Gastgeberin, nahm das letzte Heft zur Hand und schlug mittig eine Seite auf. Dann nahm sie ihre Brille.

14. August 1943

Wir packen gerade wieder einmal Pakete für unsere tapferen Soldaten an der Ostfront. Da kam eine Überraschung. Plötzlich rief mich die Oberin zu sich und als ich ihr Zimmer betrat, stand dort Johannes.

Er hatte ein kleines, blondlockiges Mädchen auf dem Arm, dass mich mit wunderbaren blauen Augen anschaute.

Er trat mit ihr auf mich zu.

„Da sind wir", sagte er und als ich ihn erstaunt ansah, sagte er: „Ja, Maria ist gewachsen und wie du siehst, ist sie prächtig gediehen. Ein richtiger kleiner Sonnenschein."

Ich starrte das Mädchen an, aber das konnte doch nicht meine Kleine sein. So blaue Augen hatte sie nicht gehabt, eher hellbraune, so wie meine, und dann hatte ich doch gelesen, dass ihr Kopf und der Mund die Folgen einer Missbildung waren. Dieses Mädchen aber war kerngesund.

„Ich bin gekommen, um dich zu bitten, die Adoptionsurkunde zu unterzeichnen. Ich werde Maria mit nach Plauen nehmen."

Er fragte mich nicht, ob mir das recht sei, aber das hatten wir ja von Anfang an vereinbart, seine Frau und er würden das Kind adoptieren. Trotzdem, er hätte mich noch einmal fragen können.

Als er sah, wie unschlüssig ich wirkte, sah er die Oberin
an, die mich anlächelte.
„Ingeborg ist nur ergriffen ihr Mädchen so gesund und
munter zu sehen, nicht wahr?"
Es lag eine Schärfe in ihrer Stimme, die mir nicht entging.
Es war besser, das zu sagen, was sie wollte.
„Ja, so ist es, Frau Oberin."
Sie nickte zufrieden.
„Unser Notar, Doktor Wildermuth wird in ein paar Minu-
ten da sein mit der Urkunde."
Sie wollte noch etwas sagen, als die Kleine sich im Arm
von Doktor Voigt zu winden und zu weinen begann. Ich
ging und nahm sie auf den Arm, ohne dass es jemand
verhindern konnte.
„Ich setze sie aufs Töpfchen", sagte ich und ging mit ihr
hinaus. Das Mädchen war schwer und ich war froh, sie auf
das Töpfchen setzen zu können. Seltsam, ich war gar nicht
auf die Idee gekommen, dass die Kleine ja laufen kann.
Nachdem sie fertig war und ich sie wieder anzog, schaute
ich auf ihren rechten Oberschenkel. Dort war kein Mut-
termal, dass wie ein Vogel aussah, dort war gar nichts.
Ich hatte gelernt, dass Muttermale nicht einfach ver-
schwinden. Da wusste ich, wer immer dieses Kind auch
war, es war nicht meine Maria.

Frau Klauser ließ das Heft zurück auf den Tisch sinken, nahm langsam die Brille ab und sah Kate an.
„Ich glaube, jetzt verstehen sie, warum ich weiß, dass
meine Mutter nicht ihre Großmutter ist."

Kapitel 9

„Clara Voigts Beerdigung ist scheinbar *das* Event des Jahres", dachte Kate etwas respektlos, als sie auf die Menschenmasse sah, die sich um das offene Grab auf dem Plauener Friedhof versammelt hatte. Es lag, wie nicht anders zu erwarten, in exponierter Lage direkt am Hauptweg und würde, nach Errichtung des beeindruckenden Grabsteines, den Kate entsprechend den Wünschen und Vorlagen ihrer Großmutter bei einem ortsansässigen Steinmetz in Auftrag gegeben hatte, einen Blickpunkt im Friedhof bilden.

„Soweit zum Thema im Tod sind alle gleich", hatte Kate für sich gedacht, als sie das Kostenangebot für den dazugehörigen knienden Engel, den Frau Voigt exakt gezeichnet hatte, vom Steinmetz erhalten und die veranschlagte Summe ihr kurzzeitig die Sprache verschlagen hatte.

Jetzt stand sie hier an diesem hellen, sonnigen Mainachmittag und schaute auf eine Birke, wo einige Vögel gerade um die Wette zu zwitschern schienen. Die Predigt von Pfarrer Bromsig war sehr ansprechend gewesen und nun wurde der Sarg in aller Stille, wie es sich Clara Voigt gewünscht hatte, in die Tiefe gelassen. Keine Musik, hatte sie ausdrücklich bestimmt. Nur die Vögel hielten sich nicht daran und Kate sah aus dem Augenwinkel, dass Frau König unwillig auf die Birke starrte.

Jetzt war es an Kate, als Erste nach vorn zu gehen, und ihre Rose auf den Eichenholzsarg zu werfen.

Dann trat sie zurück und nahm die endlos erscheinenden Kondolenzen entgegen.

Frau König, die wie eine gute Seele alles akribisch geplant und den gesamten Ablauf überwacht hatte, war plötzlich neben sie getreten, sehr elegant in ein schwarzes Kostüm gekleidet, und soufflierte ihr leise die Namen mit der entsprechenden Stellung oder Bekanntschaftsgrad zu.

So erfuhr Kate, dass viele ehemalige Berufskolleginnen und - Kollegen ihrer Großmutter die letzte Ehre gaben. Nachbarn, Gemeindemitglieder, Vertreter von Institutionen, ihr Hausarzt und natürlich auch Nadja Heimat und Nicole Müller.

Kate dachte daran, dass immer gesagt wurde, die Täter würde es auf die Beerdigung ihrer Opfer ziehen, was natürlich keinesfalls bewiesen war. Aber da sich diese Legende hartnäckig hielt, hatte sie so manchen FBI Agenten erlebt, der sich undercover bei der Beisetzung eines Mordopfers unter den Trauernden bewegte.

„Immerhin an die zweihundert potenzielle Verdächtige", dachte sie und nahm den nächsten Händedruck entgegen.

Frau König hatte in einer nahe beim Friedhof liegenden Gaststätte bereits vorbestellt und die „engsten Freunde und Bekannten" zu dem obligatorischen Leichenschmaus gebeten.

Kate war ihr überaus dankbar für diese perfekte Organisation des Tages.

Nach einem leichten Imbiss bedankte sie sich bei

Pfarrer Bromsig, gab Frau König ein Zeichen, das diese nickend erwiderte und schlich sich über den Hintereingang davon.

Draußen atmete sie tief ein und beschloss, zurück ins Hotel zu Fuß zu gehen. Sie hatte ihre Großmutter, die sie zwar nicht war, aber das wusste außer einem kleinen Kreis niemand, beerdigt. Ihr Haus würde sie vielleicht vermieten oder erst einmal leer stehen lassen.

Sie stoppte vor einem Schaufenster und sah hinein, ohne etwas von der Auslage wahrzunehmen. Auch wenn der oder die Mörder noch nicht gefasst waren, das war jetzt Sache der hiesigen Polizei.

Es war Zeit für sie nach Amerika zurück zu fliegen. Und dann? Einfach da weiter machen, wo sie aufgehört hatte?

Mit ihrem Partner Ben nach Florida am nächsten Fall arbeiten? Sicher, es würde sie ablenken, einmal von diesem ungeklärten Fall, zum anderen dem Problem, was sie derzeit noch mehr beschäftigte. Wer war ihre Großmutter, wenn es weder Clara Voigt noch Ingeborg Mendel gewesen waren?

Entschlossen zog sie ihr iPhone aus der Tasche und tätigte zwei Anrufe. Dann ging sie in ihr Hotel, um sich umzuziehen.

Danach hatte sie ein Date mit zwei Männern.

Während Hauptkommissar Mike Köhler auf einem zierlich wirkenden Stuhl saß und einen Latte Macchiato trank, lehnte Omar Amris kräftiger Körper in einem breiten Sessel.

Er trank, wie immer, starken, schwarzen und sehr süßen Kaffee.

Beide Männer winkten Kate zu, als sie die Kaffeerösterei betrat und Daniel, dem Besitzer, ihre Bestellung, einen großen Cappuccino, zurief.

„Und, wie war der Tag?", fragte Mike Köhler und Kate schüttelte leicht den Kopf.

„Ich habe noch nie so vielen Menschen die Hand geben müssen, die mir alle irgendwie das Gleiche gesagt haben."

Mit einem Lächeln nahm sie den Cappuccino entgegen und trank einen Schluck. Mit einem Seufzer stellte sie die Tasse ab.

„Ich habe sie beide hierhergebeten, danke übrigens das es so einfach funktioniert hat, weil ich ihren Rat brauche." Sie stockte kurz. „Es geht noch einmal um die Adoption meiner Mutter."

Sie erzählte beiden von ihrem Besuch bei Frau Klauser und den Tagebüchern.

Als sie geendet hatte, schwiegen die beiden Männer, jeder schien seinen Gedanken nachzuhängen.

Schließlich lehnte sich Omar Amri etwas nach vorn, was den Sessel bedenklich ins Schwanken brachte und sah Kate an. „Wenn dieses Mädchen, mit dem dein, ich meine, ihre…"

Kate hob die Hand. „Ich glaube, wir können diese

lästige deutsche Sitte des siezens beenden", sagte sie und sah Mike Köhler an, der ebenfalls nickte.

„Gut", sagte sie und sah den Pathologen auffordernd an.

„Also, das Mädchen, deine Mutter, war offensichtlich nicht das Kind, was Ingeborg Mendel geboren hat. Was sie in ihrem Tagebuch geschildert hat, klingt nach einem Kind mit einer sehr schweren Missbildung, das verwächst sich nicht."

Er nahm noch einen Schluck Kaffee und lehnte sich wieder zurück.

„Dein Großvater wollte sie aber unbedingt glauben machen, dass es das Kind von ihm und ihr ist und sie nötigen, die Adoptionsurkunde zu unterschreiben. Warum? Das hätte doch auch die Mutter des anderen Kindes, also deiner Mutter, tun können", mischte sich Mike Köhler in das Gespräch.

Omar hob die Hand.

„Ich habe einen anderen, einen medizinischen Gedanken. Dein Großvater war Arzt und die Genetik dürfte ihm auch nicht fremd gewesen sein. Es wurden ja schon damals zahlreiche, wenn heute auch ethisch bedenkliche, um das mal vorsichtig auszudrücken, Versuche angestellt. Du hast vorhin erzählt, Ingeborg wunderte sich darüber, dass er sagte, Hauptsache das Kind sei gesund. Warum hatte er solche Gedanken? Deine Großmutter hat zwar definitiv kein Kind geboren, aber ich kann nicht sagen, ob sie im frühen Teil einer Schwangerschaft oder mehrere Schwangerschaften, Fehlgeburten erlitten hat.

125

Nehmen wir an, die Föten hatten Missbildungen.
Dann wäre deine Großmutter vermutlich damit einverstanden gewesen, dass dein Großvater mit einer anderen Frau ein Kind zeugt. Man hatte damals, in dieser Zeit, wahrscheinlich diesbezüglich eine andere Meinung. Es war einfacher, der Frau die Schuld daran zu geben."

Mike Köhler lehnte sich nach vorn.

„Und dann bekam seine…naja, Geliebte, zwar ein ausgereiftes Kind, aber auch dieses mit einer Missbildung."

Kate sah beide an.

„Und er hat erkannt, dass die Ursache bei ihm liegen muss?", ergänzte sie.

Omar nickte. „Als Arzt war das seine Folgerung, natürlich. Er hat das Kind weggebracht, es wird, so wie sie in ihrem Tagebuch es beschreibt, wahrscheinlich nicht lange überlebt haben."

Kate spielte mit dem Henkel ihrer Tasse, ihr Cappuccino war längst kalt geworden.

„Aber warum hat er meine Mutter Ingeborg praktisch… untergeschoben?"

Mike stützte seinen Kopf in beide Hände und strich sich schließlich durch das volle Haar.

„Das keiner Nachforschungen anstellt, woher das Kind kommt und das er mit Sicherheit nicht der Vater ist."

Omar hob seinen Finger.

„Jetzt müssten wir nur noch wissen, wo er, sagen wir mal, im Frühsommer 1943 stationiert war. Dann

126

könnten wir vielleicht nach dortigen Waisenhäusern suchen?"

„Ich habe schon die meisten Unterlagen durchforstet, ohne Erfolg, aber vielleicht finde ich noch etwas", meinte Kate und rührte etwas frustriert in ihrem Kaffee herum. Warum nur hatte ihre Großmutter dahingehend keinerlei Unterlagen aufgehoben?

Omar deutete Daniel, ihm noch einen Kaffee zu bringen.

„Wenn du irgendetwas diesbezüglich hast, schicke es mir per Mail. Ich kenne jemand, der sich beruflich damit beschäftigt, er schuldet mir mehr als einen Gefallen", bemerkte er mit einem Augenzwinkern.

Mike hatte sich zurückgelehnt und sah Kate an.

„Und, wie geht es bei dir jetzt weiter?"

Sie zuckte mit den Schultern.

Ja, wie sollte es jetzt weiter gehen?

Diese Gedanken, die sie schon den ganzen Tag beschäftigten, kreisten weiter in ihrem Kopf.

Langsam musste sie ein paar Entscheidungen treffen. Sie lehnte sich zurück, wobei der Stuhl knarrend protestierte. Unwillkürlich setzte sie sich wieder gerade hin und nahm einen Schluck des inzwischen kalten Cappuccinos.

„Ich weiß es noch nicht, wirklich nicht. Ich werde noch eine Woche bleiben, um alles zu ordnen, und dann." Sie brach ab und stellte die Tasse zurück auf den Tisch. Sie hatte plötzlich Probleme klipp und klar zu sagen, dass sie nach Amerika zurückkehren würde, obwohl das ja logisch war. Es war besser, das

Thema zu wechseln. Sie sah Mike an.

„Und, gibt es Neuigkeiten bezüglich meiner…ich meine Frau Voigt?"

Er schüttelte den Kopf.

„Wir drehen uns im Kreis. Was wir wissen ist die Tatzeit und das der, Schrägstrich die Täter, von ihr selbst ins Haus gelassen wurden."

Omar sah abwechselnd Kate und Mike an.

„Das glaubt ihr, ich meine, dass ihr die Tatzeit kennt."

Mike runzelte die Stirn.

„Ja, alle Zeugen haben unabhängig voneinander gesagt, dass Frau Voigt ihre Teatime jeden Tag zwischen 16.30 und 17.00 Uhr zelebrierte."

Omar hob die Hand. „Ich habe mir überlegt, dass dies vielleicht gerade die Falle ist, in die ihr tappen solltet. Wenn der Täter genau dieses Ritual von Frau Voigt kannte, konnte er es so arrangiert haben, dass genau dieses Zeitfenster auf eurem Schirm erscheint."

Mike lächelte überlegen.

„Glaubst du wirklich, wir sind Anfänger? Natürlich hat die Spusi die Tasse überprüft, nur die Fingerabdrücke von Frau Voigt waren dort festzustellen, und…" Er hob dozierend einen Finger, als er sah, dass Omar ihn unterbrechen wollte. „Auch keine Spuren von Einmalhandschuhen. Also diese Tasse hat definitiv nur Frau Voigt angefasst und sie war noch halb voll mit Tee, der eben auch die Reste der K.o. Tropfen enthielt."

Omar ließ sich zurückfallen und der Sessel gab Geräusche von sich, die Kate alarmierend aufblicken ließ. Scheinbar hatte es auch Daniel, der Besitzer gehört, der gerade die chromglänzende Maschine polierte. Er winkte beruhigend ab.

„Hätten wir es nicht wieder und wieder durchexerziert, ich würde auf Suizid tippen", erklärte der Pathologe frustriert und stemmte sich ächzend hoch.

„Toller Kaffee, aber das Sitzmöbel…", brummte er und gab Kate und Mike die Hand.

„Entschuldigt mich, ich habe noch einen wichtigen Termin."

„Einer deiner Patienten hat wohl Sehnsucht", frotzelte Mike und der Pathologe tippte sich gegen die Stirn. Er winkte dem Besitzer der Kaffeerösterei zu und verließ das Geschäft.

Auch Mike erhob sich.

"Ich hoffe, wir sehen uns noch, bevor du wieder in die Staaten fliegst?", fragte er und nahm Kates Hand. Diese nickte, fast etwas abwesend.

„Aber ja, auf alle Fälle", murmelte sie und griff zu ihrem iPhone.

Sie sah, dass Mike Köhler etwas enttäuscht über die brüske Verabschiedung zu sein schien, aber das kümmerte sie jetzt nicht. Etwas hatte den vollen Ton einer imaginären Glocke in ihr zum Klingen gebracht.

Sie wählte die Nummer von Abby. Als diese sich mit einem knappen „Japp.", meldete, sagte Kate: „Abby? Ich brauche dringend deine Hilfe."

Kapitel 10

Es war Mittwochabend, kurz vor 17.00 Uhr. Die letzten Tage waren sommerlich warm gewesen und auf der Terrasse hatte Kate für fünf Personen einen Teetisch arrangiert, mit Tee, Sahne, leichtem Gebäck und dem zarten, japanischen Teegeschirr ihrer Großmutter.

Die sechste, fehlende Tasse war ihr von der Spurensicherung zurückgegeben worden, nachdem die Spurenanalyse keine neuen Erkenntnisse geliefert hatte. Sie stand etwas abseits auf einem kleinen Beistelltisch, daneben das Bild von Clara Voigt. Nachdem sie noch einen Strauß kurz geschnittene Tulpen in der Mitte platziert hatte, betrachtete sie dieses seltsame Arrangement und nickte.

„Gut", sagte sie leise und sah zur Uhr.

In diesem Moment klingelte es und als sie in die Diele trat, hörte sie mehrere Stimmen. Scheinbar waren ihre Gäste, die sie um absolute Pünktlichkeit gebeten hatte, bereits im Vorgarten aufeinandergetroffen.

Sie öffnete die Tür und lächelte, wie es von einer guten Gastgeberin verlangt wurde.

Hauptkommissar Mike Köhler stand unmittelbar vor der Türe, während Omar Amri galant Frau König den Arm angeboten hatte, um die wenigen Treppen hinauf zu kommen, die vom Weg zur Haustüre führten.

Hinter der massigen Gestalt des Pathologen tauchte das blasse, ängstliche Gesicht von Nicole Müller auf.

„Bitte, geht alle durch das Wohnzimmer, ich habe auf der Terrasse eingedeckt. Ich denke, wir genießen noch ein wenig das schöne Wetter."

Kate wedelte etwas mit den Händen und alle gingen von dem großzügig geschnittenen Wohnzimmer durch eine hohe, weiße Glastür auf die mit dunkler Terrakotta gefliste Terrasse.

Inwieweit sie das seltsame Arrangement erstaunte, zeigte niemand außer Nicole, die noch blasser wurde, als sie das Bild von Frau Voigt neben der einzelnen Teetasse sah.

Nachdem sich alle auf den leichten, aber massiven Korbstühlen niedergelassen hatten, schenkte Kate Tee ein und reichte Sahne und Gebäck herum.

Dann setzte sie sich zu ihren Gästen.

Auch sie nahm einen kleinen Schluck Tee, lehnte sich zurück und sah jeden Einzelnen an.

„Als Jugendliche liebte ich die Geschichten von Agatha Christie und besonders ihren Detektiv Hercule Poirot. Ich habe alle diese Geschichten gelesen, geradezu verschlungen. Meine Großmutter." Sie deutete auf deren Bild neben der Teetasse. „Sie sah es nicht gern, es war für sie vertane Zeit. Nun ja, ich las weiter. Was mich besonders beeindruckte, war seine Art einen Fall zu beenden, indem er alle an diesem Fall beteiligten in einem Raum versammelte und schließlich, den oder die Täter präsentierte. Ich glaube, dass Herr Poirot maßgeblich daran schuld war, dass ich zum FBI gegangen bin."

Sie machte eine Pause wie jemand, der alte Erinnerungen an sich vorbeigleiten lässt.

Mike Köhler runzelte die Stirn und Omar Amri sah sie an, als habe sie völlig den Verstand verloren.

„Daher gestatte ich es mir heute mein Idol zu imitieren. Deshalb habe ich sie alle gebeten, zu mir zu kommen. Alle, die mit der *Fall* Clara Voigt zu tun haben, einschließlich der Betroffenen selbst", fuhr Kate fort und deutete auf die Fotografie ihrer Großmutter.

Dann wirkte sie plötzlich wieder so fokussiert und ernst, dass Omar Amri seine besorgte Miene aufgab.

„Gut, lassen sie uns beginnen. Jedem in diesem Raum sind die Details des Verbrechens, das in diesem Haus geschah, bekannt. Meine Großmutter wurde hier in diesem Wohnzimmer." Sie deutete hinter sich.

„Von Frau König und Nicole aufgefunden. Das war genau heute vor vier Wochen um 19.15 Uhr."

Sie sah Nicole an, die mechanisch nickte. Kate lächelte ihr zu. „Gut, und damit haben wir auch das Zeitfenster und den vermutlichen Ablauf. Am Mittwoch, dem 3. April hat meine Großmutter, wie jeden Tag immer um die gleiche Zeit, das wissen wir von einigen, voneinander unabhängigen Zeugenaussagen, zwischen 16.30 und 17.00 Uhr ihren Tee gebrüht. Sie nahm also ihre Tasse, trug sie ins Wohnzimmer, auf diesen Beistelltisch, den ich heute hier herausgetragen habe."

Kate deutete auf besagten Tisch und fuhr fort.

„Irgendwann in dieser Zeit muss der oder die Täter geklingelt haben, denn es gibt keine Einbruchspuren.

Der 3. April war ein kühler Tag, kaum 9° C, da war die Terrassentür geschlossen. Also öffnete meine Großmutter die Tür und ließ den Täter, gehen wir ruhig von einem Einzeltäter aus, ins Haus. Sie musste ihn also gekannt haben. Meine Großmutter war sehr resolut und auch vorsichtig, so haben sie auch andere beschrieben. Sie ließ keine Fremden ein, oder?"

Kate sah zu Frau König, die wie gebannt an ihren Lippen hing. Als sie merkte, dass Kate eine Frage gestellt hatte, nickte sie.

„Gut", sagte Kate an sie gewandt und sah ihre anderen Gäste nach und nach an, ehe sie fortfuhr.

„Also kann ausgeschlossen werden, dass sie überwältigt und ins Haus zurückgedrängt wurde, Doktor Amri?"

Dieser zuckte zusammen, als er so plötzlich angesprochen wurde, fing sich aber sofort wieder.

„Ja, kann es. Frau Voigt hatte keine Abwehrverletzungen. Sie war eine alte Dame und obwohl sie viel Wert auf Körperpflege zu legen schien, war ihre Haut typisch für ihr Alter und ihre Erkrankung. Nur die geringste Form von Gewalt hätte zu Hautläsionen an ihrer Pergamenthaut geführt."

Mike Köhler sah ihn erstaunt an, scheinbar sprachlos darüber, dass der Pathologe bei dieser Scharade aktiv mitzuwirken schien.

Kate nickte.

„Was ich mich hier gefragt habe, war, warum hat Großmutter ihm oder ihr keinen Tee angeboten? Sie war jemand, der viel Wert auf Etikette legte. Gastfreundschaft zählte dazu."

„Vielleicht trank diese ominöse Person keinen Tee",
sagte jetzt Frau König, die bisher stumm und in ge-
rader Haltung in ihrem Korbsessel ausgeharrt hatte,
ohne ihren Tee oder das Gebäck zu berühren.

Kate zog die Augenbrauen nach oben und sah die
Nachbarin ihrer Großmutter erstaunt an.

„Sie haben sie doch gekannt, Frau König. Glauben
sie, irgendjemand hätte ihr je etwas abgeschlagen?"
Dann hob sie beide Hände, weil sie aus dem Augenwinkel sah, wie Mike Köhler etwas sagen wollte.

„Wie dem auch sei, die Person musste meine Großmutter abgelenkt und ihr die K.o. Tropfen in den Tee
gemischt haben. Dann hat sie gewartet, bis die Tropfen wirkten, hat sie auf den Boden gelegt oder vielleicht ist sie auch gestürzt?"

„Nein", warf Omar ein. „Auch hier keine Verletzungen."

Mike stöhnte auf. „Also das ist doch…"

Kate hob die Hand wie eine übereifrige Lehrerin, die
eine Klasse zur Ruhe bringen will.

„Moment noch bitte", sagte sie schroff an Mike gewandt, der sich kopfschüttelnd zurück in den Sessel
sinken ließ. Seine Miene drückte deutlich aus, was er
dachte. Nämlich das er glaubte, dass hier alle ver-
rückt geworden waren.

„Gut", fuhr Kate fort. „Dann fesselte er sie, spritzte
ihr das Insulin und das Digitoxin, veränderte einige
Gegenstände und verschwand. Alles in allem muss er
gegen 18.00 Uhr das Haus verlassen haben. Und das,

ohne das ihn jemand gesehen hat, obwohl die beiden
Häuser gegenüber von Rentnern bewohnt werden,
die sich nach eigenen Aussagen viel in jenen Räumen
aufhalten, die nach vorn, zur Straße hin liegen und
einen direkten Blick auf diese Haustür gestatten."
Sie sah Mike an, der nur stumm den Kopf schüttelte.
Nein, er würde sich nicht an dieser Posse beteiligen.
Kate lächelte etwas, sie ahnte, was er dachte.
„Ich habe mit den Nachbarn gesprochen. Immerhin
waren sie alle ausnahmslos bei der Beerdigung mei-
ner Großmutter und sehr auskunftsfreudig."
Sie machte eine beschwichtigende Geste.
„Wie dem auch sei, pünktlich um 19.00 Uhr kam
Schwester Nicole, klingelte, niemand öffnete und erst
als sie Frau König verständigte und die beiden so viel
Lärm machten, dass auch ihr Gegenüber es bemerkte,
betraten sie mit dem Schlüssel von Frau König das
Haus und fanden meine Großmutter tot vor."
Kate merkte, dass Mike Köhler jetzt die Hände zu-
sammengelegt und die Spitzen hoch konzentriert an
die Lippen gepresst hielt. Schnell wechselten sie ei-
nen Blick und sie sah jetzt so etwas wie Bestätigung
darin. Er hatte ihren Plan durchschaut und war einverstanden.
„Aha, also habe ich dich doch", dachte Kate.
„Soweit scheint es so gewesen zu sein", sagte sie und
betonte das *scheint*.
„Es ging immer um dieses entscheidende Zeitfenster."
Sie sah erst Frau König an, die, ohne eine Miene zu

verziehen, ihrem Blick standhielt und dann Nicole, die blass, stumm und mit verkrampfter Miene ihren Blick zwischen ihr und Frau König hin und her gleiten ließ.

Kate holte tief Luft.

„Das hat meine Großmutter alles perfekt geplant, nicht wahr, Nicole?"

Die junge Frau zuckte zusammen.

„Was?", stammelte sie und sah wieder Frau König panisch an, die ihren Blick jedoch abgewandt hatte.

Kate deutete auf das Bild neben der Teetasse.

„Man sagt immer, man solle Toten nichts Schlechtes nachreden, aber meine Großmutter war ein Meister der Manipulation."

Jetzt drehte Frau König langsam den Kopf und sah Kate streng an. „Ihre Großmutter, Katherina, war eine wunderbare und tapfere Frau, die…"

Kate hob die Hand. „Sicher, sicher, Frau König und jeder sollte genau dieses Bild von ihr haben. Aber lassen sie uns zu dem Tattag zurückkehren."

Sie wandte sich nach rechts. „Nicole?"

Die junge Frau zuckte wieder zusammen.

„In der Zeit von 16.30- 18.30 Uhr waren sie im Einsatz am anderen Ende der Stadt, in Chrieschwitz, und zwar…"

Kate nahm einen Zettel aus ihrer Hosentasche.

„Bei Frau Schilbach von 16.30- 16.55 Uhr, dann gleich im Nachbarhaus bei Herrn Binder von 17.00- 17.15 Uhr, dann fuhren sie zu Herrn Müller, zehn Minuten Fahrt und Einsatz bis 17.55 bei Frau Blum und dann

Fahrt und Einsatz bei Frau Kerscher bis genau 18.30 Uhr. Dann einmal quer durch die Stadt, also pünktlich 19.00 Uhr bei meiner Großmutter."

Die junge Frau nickte erstaunt. „Ja", sagte sie nur.

Kate reichte Mike den Zettel, obwohl dieser bereits Einblick in die Dienstplanung von Nicole genommen hatte. Da er vermutete, es sei so eine Art Pointe in Kates Erläuterungen, nahm er ihn schweigend entgegen und legte ihn vor sich auf den Tisch.

„Das ist also Nicoles Einsatzplan, da sie sich immer einloggen und ausloggen muss, ist es leicht nachvollziehbar. Und sie war definitiv bei ihren Pflegekunden", sagte Kate und wählte genau die Wortwahl wie Nicole ihr gegenüber damals im Pflegedienst.

„Verdächtigen sie etwa Nicole? Das ist absurd", schaltete sich jetzt Frau König ein und rieb ihre verformten Hände nervös an ihrem hellgrauen Rock.

„Für die Zeit vor 16.30 Uhr hat sie allerdings kein Alibi", fuhr Kate fort, ohne auf den Einwurf zu achten.

„Ich war zu Hause, ich habe mich ausgeruht, ich…", stammelte Nicole und verstummte schließlich.

Kate schüttelte den Kopf. „Nein, Nicole. Sie waren hier, bis kurz nach 16.00 Uhr. Dann fuhren sie nach Chrieschwitz, um pünktlich bei Frau Schilbach zu sein."

Frau König schlug mit der Hand auf den Tisch, sodass eine der hauchdünnen Teetassen gefährlich nahe an den Rand rutschte, aber von Omar Amri behände aufgefangen wurde.

137

Sicher hatte sie sich wehgetan, aber sie verzog keine Miene.

„Wie soll denn das gehen, wenn Frau Voigt, wie sie wissen, erst frühestens 16.30 Uhr ihre Teatime hielt?", fragte sie mit schneidender Stimme und warf Kate einen ärgerlichen Blick zu.

„Genau, Frau König, genau *das* sollten wir glauben." Sie deutete auf sich selbst, den Hauptkommissar und den Pathologen.

„Aber so war es nicht. Kurz vor 16.00 Uhr hatte Nicole ihr Auto ein paar Querstraßen von hier entfernt geparkt und war durch den Park an ihr Haus gekommen. Dann haben sie, Frau König, Nicole durch ihr Grundstück auf das Grundstück meiner Großmutter gelassen."

Die Nachbarin schüttelte heftig den Kopf.

„Und wie sollte, gesetzt den Fall ihre absurde Behauptung würde stimmen, Nicole ins Haus gekommen sein? Die Terrassentür geht nur von innen zu öffnen, wie sie sicher bemerkt haben, und es war zu kalt, um sie offen stehenzulassen."

Mit einem Achselzucken lehnte sie sich zurück, als wolle sie damit ausdrücken, dass nun Kates Theorie wie ein Kartenhaus zusammengefallen war.

„Ganz einfach", sagte diese. „Weil meine Großmutter ihr geöffnet hat."

Es war so eine Ruhe auf der Terrasse, dass man das Zwitschern der Vögel fast als zu laut empfinden konnte.

Auch die Luft schien plötzlich ein paar Grad kälter

zu sein. Während Mike Köhler Kate mit einem leichten Lächeln anerkennend ansah, schüttelte der Pathologe Doktor Amri heftig den Kopf.

„Nein, Kate, das kommt zeitlich nicht hin. Wenn sie ihr die K.o. Tropfen in den Tee gemischt hat, brauchte sie mindestens 20 Minuten, bis Frau Voigt vollständig das Bewusstsein verlor. Die Injektion, die Fesselung, dann nochmal 10 Minuten. Sie hätte es nie bis 16.30 Uhr nach Chrieschwitz schaffen können und wenn ich mir die Körperkerntemperatur und den Beginn der Leichenstarre beim Eintreffen des Notarztes ins Gedächtnis rufe, haben wir nach oben hin dann noch maximal 30 Minuten Karenz, und das reicht nicht, sorry."

Kate hörte, wie Nicole geräuschvoll ausatmete, scheinbar hatte sie die Luft angehalten.

Frau König lächelte und versuchte langsam aufzustehen. „Ich denke, wir beenden jetzt diese Scharade, Katherina. Danke für ihre Gastfreundschaft."

Kate hatte sich schnell erhoben und drückte Frau König langsam, aber bestimmt, in den Sessel zurück.

„Ja, beenden wir die Scharade, Frau König", sagte sie. „Sie und meine Großmutter haben zusammen diesen Plan ausgeheckt, nicht wahr? Wobei, meine Großmutter war die Planerin, sie nur ihr willfähriger Paladin. Großmutter kannte ihre Diagnose und sie wollte nicht pflegebedürftig und verwirrt die letzten Wochen ihres Lebens verbringen. Aber ihr Tod sollte nicht wie ein Suizid aussehen. Als aktives Gemeindemitglied ihrer Kirche wollte sie ein ordentliches, katholisches Begräbnis und es hätte doch Herrn Pfarrer Bromsig in arge Bedrängnis gebracht eine Selbstmörderin mit so liebevollen Worten wie vergangene Woche zu bestatten, nicht wahr? Ich weiß auch, warum sie es unbedingt wie ein Verbrechen aussehen lassen wollte. Ich sollte auf den Plan gerufen werden, aber das ahnten sie nicht, nicht wahr, Frau König?"

Diese saß aufrecht, blass und schweigend.

„Sie wollte, dass es ein offensichtliches Verbrechen war, sie obduziert würde und dabei herauskam, dass sie gar nicht meine Großmutter sein konnte. Frau Voigt hat nie ein Kind geboren, meine Mutter war adoptiert und sie wollte, aus welchem Grund auch immer, dass ich die Wahrheit erfahre."

„Ein Brief hätte es auch getan", murmelte Omar, dem noch immer anzumerken war, dass er dieser Entwicklung des Falls nicht so recht traute.

„Gewiss, aber ich wäre kaum nach Deutschland gekommen", ergänzte Kate und sah dann wieder Frau König an.

„Der Plan meiner Großmutter war klar. Sie wich von ihrem allseits bekannten Ritual ab und brühte den Tee schon vor 16.00 Uhr, tropfte die K.o. Tropfen hinein, öffnete Nicole die Tür, trank die Hälfte des Tees, spritzte sich das Insulin und das Digitoxin und legte sich auf die Erde. Nicole musste sie nur fesseln, schnell über die Terrasse und ihr Grundstück das Gelände verlassen und ihren Dienst antreten. Sie, Frau König, sind dann bei Frau Voigt, ihrer alten Chefin, geblieben, bis sie tot war, habe ich recht?"

Als sie nicht antwortete, schaute Doktor Amri auf ihre verformten Hände.

„Sie konnten ihr nicht helfen, nicht wahr? Ich meine, sie fesseln."

Dann sah er Nicole an. „Darum mussten sie es tun?"

Die junge Frau brach in Tränen aus.

„Sie hat mich so gebeten es zu tun", schluchzte sie.

Frau König schloss die Augen.

Als sie sie aufschlug, griff sie nach Nicoles Hand und sah dabei Kate an.

„Sie hat nichts weiter getan, als ihr die Hände zu fesseln. Ihre Großmutter, ich meine Frau Voigt, hat alles niedergeschrieben, ich habe das Kuvert bei mir im Haus. Ich sollte es verwahren, falls der Verdacht auf mich oder Nicole fallen sollte."

„Was passiert jetzt?", fragte Kate Mike, als Frau König mit der haltlos schluchzenden Nicole das Haus über die Terrasse verlassen und mit dieser in ihr Haus zurückgekehrt war. Einige Minuten später hatte sie nur wortlos ein dickes, gepolstertes Kuvert, fest verschlossen, herübergereicht und dann die Tür ihres Hauses kraftvoll geschlossen.

„Die junge Frau wird sich wegen Beihilfe zum Suizid verantworten müssen, ihre Zulassung als Krankenschwester dürfte sie wohl verlieren. Frau König, was soll man ihr außer Verschleierung einer Straftat anrechnen? Nichts."

Der Hauptkommissar schüttelte den Kopf. Dann sah er Kate an und lächelte gequält.

„Da muss eben jemand vom FBI kommen und den Fall klären. Mann oh Mann haben wir uns an der Nase herumführen lassen."

Kate schüttelte energisch den Kopf.

„Nein, habt ihr nicht, aber ich kannte meine Großmutter und ganz ehrlich, du hattest doch auch auf Suizid getippt?"

Sie sah Omar Amri an. Dieser nickte.

„Ja, aber wie du sagtest, das Zeitfenster stimmte nicht, dann die Fesselung, wer denkt denn daran, dass jemand so manipulativ sein kann, andere für sich einzuspannen."

Mike hatte sich erhoben und sah aus dem breiten Fenster neben der Terrassentür. Draußen standen noch die Teetassen und der kleine Beistelltisch mit Clara Voigts Bild und der einzelnen Teetasse, dem

Tatwerkzeug.

„Das war wirklich Agatha Christie würdig", murmelte er und schüttelte den Kopf.

Kate winkte bescheiden ab.

„Irgendwie kam mir Nicole Müller seltsam vor und wenn man einmal den Verdacht in der richtigen Richtung hat, ist es nicht mehr schwer. Omar hat immer wieder das Zeitfenster ins Spiel gebracht, also habe ich mir Nicoles Einsatzpläne besorgt. Annalena Heimat war mir da eine große Hilfe. Es ging mir vor allem um die Zeit vor den eigentlichen Einsätzen. Die hattet ihr ja schon vorher geprüft."

Sie sah Mike an. „Ich hatte mich von dem Zeitfenster, das alle hatten, einfach distanziert. Aber nur, weil ich schon einen konkreten Verdacht hatte, gegen meine Großmutter."

Sie musste bei dem Gedanken, wie eifrig Abby sie unterstützt hatte, lächeln. Dabei hatte sie auch herausgefunden, warum ihre alte Schulfreundin Michi und deren Tochter Nadja so ablehnend reagiert hatten, als sie mit Nicole allein sprechen wollte.

Beide wussten, dass die junge Frau sehr ängstlich und unsicher war und sich verraten könnte, wenn man die richtigen, gezielten Fragen stellte. Man hatte Nicole, lange bevor sie ihr Examen beendet hatte, als vollwertige Schwester beschäftigt und Dinge tun lassen, die eine Hilfskraft nicht erledigen durfte. Dafür hatte man bei den Krankenkassen voll abgerechnet.

Kate vermutete, dass dies kein Einzelfall war und

wenn dieser Betrug auch nicht von großer Dimension war, so machte, wie ihr Vater immer zu sagen pflegte, *Kleinvieh auch Mist.*

Kate nahm das dicke Kuvert und öffnete es.

Als Erstes entnahm sie ein vollständiges Geständnis, unterzeichnet von Frau Voigt und beglaubigt von Frau König. Darin bekundete sie ihren Wunsch zu sterben und warum sie diesen Suizid als Verbrechen darstellen wollte. Die Rolle von Nicole sei nur die gewesen, ihr die Fesselung anzulegen aus der sie sich, wenn sie es denn gewünscht hätte, jederzeit befreien hätte können.

Wortlos reichte Kate das Blatt an Mike weiter, der es las und dann in seine Tasche steckte.

„Das Schreiben wird für eine Verhandlung, so es diese gibt, von Bedeutung sein."

Dann sah er auf das Kuvert. „Noch etwas was für uns von wichtig ist?"

Kate schüttelte den Kopf. „Nur noch Unterlagen für mich, das Haus betreffend, ihr Testament und alles, was ich wissen muss bezüglich meiner Mutter und deren Adoption."

Als Omar sie ansah, zuckte sie resigniert die Schultern.

„Nein, sie ist auch nicht weitergekommen als ich. Diese Spur verläuft also im Sand."

Mike hatte wieder Platz genommen und sah auf die Uhr. „Wollen wir gemeinsam etwas essen gehen? Meinen Abschlussbericht kann ich morgen noch schreiben."

Kapitel 11

Als Kate den Ankunftsbereich des Flughafens betrat, sah sie Ben, der lässig grüßend die Hand hob. Nachdem sie sich durch die Menschenmassen geschoben hatte, schloss er sie fest in die Arme.

„Gott sei Dank bist du wieder da.", sagte er und nahm ihr das Handgepäck ab.

„Mein Wagen steht draußen. Willst du erst nach Hause oder etwas essen?"

Kate sah ihn an und lächelte.

„Ich würde gerne zuerst essen und dann mit dir etwas besprechen."

Er runzelte die Stirn und blieb stehen, was zur Folge hatte, das Nachkommende in sie hineinliefen, was ein mittleres Chaos auslöste.

„Sorry", rief Ben laut und hob beide Hände, nachdem Kates Koffer zu Boden gefallen war. Ein Mann in mittlerem Alter, der ihn gerade noch als *Vollpfosten* tituliert hatte, wurde unter dem stahlharten FBI-Blick, wie Kate es scherzhaft nannte, ganz unruhig, vor allem aber, als er sah, dass unter dem Jackett seines Gegners eine Waffe sichtbar wurde.

Er murmelte: „Naja, ist ja nichts passiert."

Dann trollte er sich, gemeinsam mit seinem jugendlichen Sohn, der erst hämisch gegrinst hatte und jetzt ziemlich verwirrt dreinschaute, dass sein Vater, der sonst wohl nie einem Streit aus dem Weg ging, so plötzlich den Schwanz einzog.

Jetzt funkelte Ben Kate an. „Also, was ist los?"

Sie zuckte einfach die Schultern.

„Essen und reden", sagte sie knapp.

Kopfschüttelnd nahm er den Koffer wieder auf und folgte ihr zur Ausgangstür. Sein Wagen parkte in der Tiefgarage und schweigend stiegen sie beide ein.

Nachdem Ben verstanden hatte, dass Kate nicht gewillt war ihm jetzt irgendetwas zu erzählen, begann er belanglos über den neusten Klatsch und Tratsch aus der Behörde zu berichten. Dabei manövrierte er den Wagen mit seiner üblichen Lässigkeit durch den Feierabendverkehr.

An einem bekannten Diner, in dem Kate und er sehr oft aßen, suchte er nach einer Parkmöglichkeit.

„Ich weiß nicht, warum in jeder Serie die Cops immer und überall einen Parkplatz bekommen, in der Realität aber nie", maulte er, nachdem er den Parkplatz bereits das dritte Mal umrundet hatte.

Kate sagte nichts und lächelte nur.

Endlich stieß ein Jeep aus einer Parklücke, die sich Ben, trotz empörten Hupens zweier Wagen, die vor ihm gewartet hatten, mit elegantem Schneiden der Vorfahrt gesichert hatte.

Als Kate und er ausstiegen, sprang der eine Fahrer, ein kleiner, fuchsgesichtiger Mann, aus seinem Ford und drohte Ben mit der erhobenen Faust. Der zog lässig die Dienstmarke aus der Tasche seiner Jeans.

„FBI im Einsatz", sagte er knapp und der Typ stieß die Luft aus, die er vor Wut angehalten hatte.

„Ja, ja, okay", murmelte er und trat an die Seitentür des Van, der ebenfalls mit ihm um den Parkplatz gekämpft hatte.

Die stämmige Mittvierzigerin ließ die Scheibe herunter und lauschte der Erklärung von Mister Fuchsgesicht. Dann sah sie Ben an und lächelte ihm verzückt zu.

„Und wieder hat Special Agent Ben Thomson eine neue Verehrerin", murmelte Kate und Ben warf ihr einen finsteren Blick zu.

Als sie das Diner betraten, war dieses, wie immer um diese Zeit, brechend voll.

Die blonde, nicht mehr ganz junge Bedienung namens Ronda nickte beiden zu und deutete mit dem Daumen in eine Ecke. Dort war der *Cop-Tisch*, wie er allgemein hieß. Er war immer für Cops, ganz gleich welcher Sparte, reserviert. Niemand der übrigen Stammgäste hätte es je gewagt dort Platz zu nehmen, ganz gleich wie voll das Lokal war und ahnungslose Touristen wurden von Ronda gnadenlos hochgejagt. Der dunkle Holztisch und die roten Kunstlederbänke waren im Style der 50-ziger Jahre, wie das gesamte Diner.

Ronda brachte ihnen unaufgefordert Kaffee und sie wedelte mit der Speisekarte. Ben nahm Eier mit Schinkenspeck, während Kate dankend abwinkte.

„Du hast dir wohl den Magen in Deutschland verdorben? Kein Wunder bei dem Essen da. Na, wir päppeln dich schon wieder auf", rief Ronda, die nach eigenen Angaben Atlanta nur ein einziges Mal in Richtung L.A. verlassen hatte, mit weltmännischer Miene.

Kate sah Ben vorwurfsvoll an, der mit den Achseln zuckte. „Was sollte ich sagen, wo du bist?"

Kate schüttelte den Kopf und nippte am Kaffee. Nachdem, was sie bei Daniel in Plauen gekostet hatte, war der hier eine glatte Zumutung.

Ben, der diesen Vergleich Gott sei Dank nicht hatte, kippte die Tasse hinter und deutete Ronda, nachzugießen. Diese servierte ihm die Eier und stellte vor Kate ein Stück Käsekuchen ab.

„Hier, geht aufs Haus. Du wirst ja immer dünner, also iss", befahl sie mit einem mütterlichen Augenzwinkern und Kate ergriff folgsam die Kuchengabel.

Der Kuchen war gut, wirklich gut. Dann sah sie zu Ben, der sie musterte.

„Nun?", fragte er und zog die Stirn in Falten.

Kate erzählte von ihrer Großmutter, die nicht ihre war, dem inszenierten Suizid und der Spurensuche nach ihren wirklichen Großeltern. Schließlich lehnte sie sich zurück, sah ihn an und legte beide Hände langsam auf den Tisch, genau neben die Reste des Käsekuchens.

„Ben, ich werde in Pension gehen. Ich habe meine 20 Jahre bei der Truppe absolviert."

Ben starrte sie an.

„Was?", fragte er, als habe er sich verhört.

Sie sagte nichts und er lehnte sich langsam zurück.

„Und was willst du machen? Rosen züchten?", fragte er mit sarkastischem Unterton und schlug mit der flachen Hand auf die Tischplatte.

„Jetzt hör mal zu, das mit deiner…Großmutter oder

wer sie auch immer war, tut mir leid und wenn du deine wirklichen Großeltern suchen willst, gut, kein Thema. Ich helfe dir, aber was soll dieser Blödsinn mit Pension? Wenn du noch eine längere Auszeit brauchst, der Chief ist bestimmt dafür offen, er…"

„Ben."

„Er hat mir zugesichert, dass…"

„Ben!"

Kates Stimme war jetzt so laut das nicht nur Ronda, sondern fast alle Gäste des Diners zu ihnen hersahen. Ben winkte lässig ab und die Aufmerksamkeit an ihnen ließ langsam nach.

Dann sah er Kate an, die etwas schuldbewusst den Kopf senkte. „Ben, mein Entschluss steht fest. Ich gehe zurück nach Deutschland, zumindest erst einmal auf Probe."

Ben sah sie prüfend an. „Hast du jemand kennengelernt?"

Kate stöhnte auf. „Nein, habe ich nicht."

„Und wieso?", fragte er, jetzt scheinbar etwas beruhigter.

„Ich habe mir überlegt eine Detektei zu gründen, das scheint dort noch nicht so üblich zu sein. Detektei und Personenschutz, das schwebt mir vor."

Ben schüttelte den Kopf, aber Kate ließ sich nicht beirren. „Ben, ich habe die Mittel dazu und sollte es schiefgehen, auch kein Beinbruch und wenn es mir gar nicht mehr gefällt, ich bin amerikanische Staatsbürgerin, ich kann wieder nach Hause", sagte sie, die letzten Worte betonend.

Ihr Partner schob den Teller von sich weg und sah sie eine Weile eindringlich an. Dann schüttelte er langsam den Kopf.

"Du bist störrischer als ein altes Maultier", murmelte er und deutete Ronda, zahlen zu wollen.

Kate hatte ihre Tasche noch nicht ausgepackt. Sie saß in ihrem Apartment, das während ihrer Abwesenheit genauso in Ordnung gehalten worden war, als wäre sie anwesend gewesen.

Sie hatte sich auf die Couch gesetzt, die Vorhänge nicht geschlossen und starrte durch die bodentiefen Fenster auf die beleuchtete Skyline von Atlanta.

Wenn sie ehrlich war, hatte ihr dieser Ausblick gefehlt. Würde sie sich wirklich an ein beschauliches Leben in der deutschen Provinz gewöhnen können? Die Frage war doch, was würde sie tun ohne ihre Truppe, ohne Ben? Soziale Kontakte außerhalb hatte sie wenige, wenn sie ehrlich war, fast keine.

Oh ja, sie kannte Menschen, die Nachbarn, die Hausverwaltung, ihre Putzfrau, Freunde ihrer Eltern, einige Schulfreunde vom College und der Akademie, aber zu ihnen hatte sie in all den Jahren weniger Kontakt aufgebaut als in vier Wochen zu Hauptkommissar Mike Köhler und Doktor Omar Amri und, sie musste lächeln, zu Abby Heimat.

Seufzend griff sie neben sich, nahm ein dunkles Kuvert und öffnete es. Sie hatte die relevanten Unterlagen, die ihre Großmutter hinterlassen hatte, wie ihr Geständnis, eine eidesstattliche Erklärung, die Nicole entlastete, an Hauptkommissar Mike Köhler übergeben. Aber neben dem Testament und einigen persönlichen Dingen wie die Hausunterlagen, diesen Brief an sich genommen, ohne ihn ihm gegenüber zu erwähnen.

Sie faltete den auf Büttenpapier geschriebenen Brief

auseinander und sah die gestochen klare, feste Handschrift der Frau, die für sie 45 Jahre lang ihre Großmutter gewesen war. Mit einem Seufzer schloss sie die Augen, dann öffnete sie sie wieder und las.

Liebe Katherina, wenn du diesen Brief liest, wirst du die Wahrheit kennen. Ich habe Margarete König beauftragt, ihn dir auszuhändigen. Sie kannte den Inhalt nicht und ich weiß, dass sie niemals mein Vertrauen missbrauchen und ihn lesen würde. Diese Zeilen kennen nur wir beide! Du wirst mit Sicherheit mein Vorgehen nicht für gutheißen, das muss ich so akzeptieren, aber es gibt zwei Gründe für mein Vorgehen. Der erste Grund war, dass ich nicht elendlich zum Pflegefall werden wollte. Gut, Sterbehilfe in der Schweiz wäre noch eine Option gewesen, hätte aber auch Fragen aufgeworfen. Nein, ich wollte kein Leiden mehr, wollte meinen eigenen Zeitpunkt bestimmen und ich wollte ein gutes katholisches Begräbnis.
Dass ich dazu Nicoles Abhängigkeit von mir benutzt habe, tut mir leid, aber ihr wird nicht viel passieren. Nun, ihre Berufszulassung wird sie verlieren, aber sie wäre auch niemals eine gute Krankenschwester geworden, nein, sie ist ein gutes, naives, mitfühlendes Wesen, aber die Energie, die fachliche Scharfsinnigkeit, die eine gute Krankenschwester ausmacht, fehlt ihr völlig.
Margarete König wird sich ihrer annehmen, dafür habe ich gesorgt. Nun aber zu dem hauptsächlichen Punkt meiner kleinen Inszenierung, die ich geplant habe. Sicher, ich war enttäuscht, dass du keine Medizinerin geworden bist, aber ich muss zugeben, du bist tüchtig in deinem Job und das weiß ich sehr zu schätzen.

Auch wenn du nicht mein leibliches Enkelkind bist, so war ich doch stolz auf dich. In deiner Energie habe ich immer ein wenig mich wiedergesehen.

Ich wollte, dass du nach Deutschland kommst und die Wahrheit erfährst. Ja, ich hätte dich anrufen und dir meine Nachforschungen schildern können, aber ich hatte Angst, du nimmst das alles nicht ernst, lehnst es ab mir zuzuhören.

Nun, wenn du diesen Brief liest, wirst du das meiste herausgefunden haben, schließlich bist du FBI Agentin und, wie ich weiß, eine gute dazu.

Ich habe viele Jahre, zu lange, geschwiegen. Ich hätte deiner Mutter eher sagen müssen, dass sie nicht mein leibliches Kind ist, das sie nicht unser leibliches Kind war. Ich habe es nicht über mich gebracht, genauso wenig, wie sie zu lieben wie ein eigenes Kind. Vielleicht hat sie es auch immer gespürt, diese Distanz zwischen uns und ist deshalb auch so distanziert dir gegenüber gewesen.

Oh ja, das habe ich gemerkt. Es hat mich geschmerzt, aber dein Vater liebte dich dafür von ganzem Herzen, er war anders und das tröstete mich.

Nun sind deine Eltern tot und deine Mutter hat nie die Wahrheit erfahren, aber ich bin mit mir und meinem Gewissen ins Gericht gegangen und der Meinung, dass du ein Recht darauf hast, deine wahren Wurzeln zu finden.

Ich hatte drei Fehlgeburten, in den frühen Phasen der Schwangerschaft.

Mein Mann sagte mir, die Föten waren missgestaltet.

Ich gab mir die Schuld dafür, die Schuld ihm kein gesundes Kind schenken zu können. Dann kam er mit dem Vorschlag im Lebensborn ein Kind zu adoptieren.

*Es war meine Idee, dass er wenigstens der leibliche Vater
eines Kindes sein sollte, wenn ich schon als Frau versagte.
Er wollte das nicht, aber ich habe ihn so lange bedrängt, bis
er einverstanden war.*

*Dieses Mädchen, diese Ingeborg Mendel, war sehr schnell
schwanger und dann sagte er, das Kind sei bei München
bei einer Amme, es sei sehr klein und schwächlich.*

*Immer wieder und immer wieder brachte er eine andere
Ausrede, warum das Kind nicht zu uns könne und dann
kam er plötzlich, mit einem gesunden, kräftigen, blonden
Mädchen mit strahlend blauen Augen und der Adoptions-
urkunde, unterzeichnet von dieser Ingeborg sowie der
Oberin des Lebensborns als Zeugin.*

*Als er kurz darauf im Krieg an der Ostfront gefallen ist,
wohin er sich freiwillig gemeldet hatte, habe ich das alles
verdrängt.*

*Das Kind war da, es war, so glaubte ich, Johannes Kind
und es war meine Pflicht, es aufzuziehen, in seinem Sinne.
Erst jetzt, nach Marias Tod und meiner Diagnose, begann
ich zu forschen. Viel habe ich nicht herausgefunden, alles
was du wissen musst dazu, habe ich dir beigelegt.*

*Eines nur, ich glaube nicht, dass dieses Mädchen, deine
Mutter, das Kind meines Mannes mit dieser Ingeborg war.
Das ist alles, was ich dir sagen kann, Katherina.*

*Suche deine Wurzeln, wenn du es willst, oder auch nicht,
es ist deine Entscheidung. Leb wohl.*

Darunter die schwungvolle Unterschrift von Clara
Voigt. Kate legte den Brief aus der Hand und lehnte
sich zurück. Sie würde ihre Wurzeln suchen.

Zur Autorin:

Annette G. Krupka wurde in Plauen geboren.
Sie besuchte hier die Schule, lernte Krankenschwester, studierte später Pflegemanagement, erwarb einen Masterabschluss und ist als freiberufliche Unternehmensberaterin tätig.
Heute lebt sie in einer Thüringer Kleinstadt und hat ein Fachbuch zum Thema Pflege veröffentlicht.

Lebensborn ist der erste Fall der Reihe um die FBI-Agentin Katherina „Kate" Schulz, die in ihrer Heimatstadt Plauen ermittelt.

Bisher erschienen sind:
(in chronologischer Reihenfolge)
Lebensborn
Golem
Entführt
Methusalem
Filmriss
Virus
Engelsflug
Würgemale
Weitere Folgen sind geplant.

Liebe Leser, danke, dass Sie Kate Schulz bis zum
Ende des ersten Falles gefolgt sind.

Sind Sie neugierig, wie es weiter geht mit Kate
Schulz???
Bald ist es soweit:

Kate Schulz 2- Golem-

Kate Schulz, ehemalige FBI Agentin, ist nach
Deutschland zurückgekehrt und hat in ihrer Heimatstadt Plauen eine Detektei und Personenschutzfirma
gegründet.
Über mangelnde Aufträge kann sie sich nicht bekla-
gen, was Neid bei Konkurrenten hervorruft.
Nebenbei ist sie noch immer auf der Suche nach ihren
Wurzeln, denn bei ihrem ersten Besuch in Deutschland musste sie erfahren, dass ihre Mutter adoptiert
wurde.
Und ein Vermisstenfall, der von der Polizei nicht als
solcher gesehen wird, führt sie über den Jakobsweg
nach Prag und in eine lebensgefährliche Situation.

Leseprobe -GOLEM-

Hatte sie ein moralisches Leben geführt?

Nein, es ging nicht um Sex vor der Ehe oder eine kleine Lügengeschichte, es ging um die wirklich zentrale Frage. Waren alle ihre Entscheidungen von moralischer Integrität gewesen, die sie getroffen hatte?

Wer war sie, dass sie diese Frage glatt bejahen konnte?

Sie hatte sich bemüht, ja, das war wohl die richtige Antwort. Sie hatte versucht, ein Leben zu führen, das ihrem eigenen Ziel, das sie sich irgendwann mit 19 oder 20 Jahren- so genau wusste sie es nicht mehr- gestellt hatte.

Moralisch zu handeln, auch in ihrem Beruf.

Ihr Leben war bisher weitgehend gleichmäßig und ruhig verlaufen, der einzige tiefe Schock war der Tod ihres Vaters gewesen, den sie nur langsam überwand. Aber sonst, nein, das Leben hatte ihr nur ein freundliches Gesicht gezeigt.

Darum hatte sie es als ihre Aufgabe gesehen, etwas zurückzugeben, an jene Menschen, die nicht so viel Glück, so viel Geborgenheit wie sie erlebt hatten.

Das war der Grund, warum sie einer steilen Karriere ihren eigenen Moralanspruch vorzog und in Afrika und Indien Menschen behandelte, die sonst niemand heilen würde oder ihnen zumindest Linderung verschaffen konnte.

Sie war keine Mutter Teresa, das war nicht ihr Anspruch, völlige Entsagung, nein.

Aber schon diese Arbeit war bei vielen auf Erstaunen, sogar Ablehnung gestoßen.

Jemand wie sie, der solch eine Chance hatte als renommierte Spezialistin zu arbeiten, vergeudete seine Ressourcen nicht in den Slums dieser Welt. Und sie war schwach genug gewesen aufzugeben, sie war wieder in diesen Strudel hineingegangen, allerdings, um kurz darauf erneut auszubrechen.

Diese Pilgerreise sollte ihr die Augen öffnen für das, was ihr wirklich wichtig war.

Die Augen öffnen, wie prophetisch.

Und nun stand sie hier und sah das Skalpell.

Der Stahl blitzte im Licht der grellen Lampe und ihre Moral, auf die sie so stolz gewesen war, lag in Scherben vor ihren Füßen.

Jetzt ging es nicht mehr um Moral und Ethik, sondern nur noch darum, hunderte, vielleicht tausende Leben zu retten, aber alles, was sie an beruflichem Ethos hatte, zu ignorieren.

Oder aber zu sterben.

Und während sie ihren Blick nicht von dem blitzenden Gegenstand vor sich wenden konnte, wie von einer lautlosen Verführung, öffnete sich sehr leise eine Tür und ganz langsam fiel ein Schatten über sie.

Der Schatten des Mannes, von dem nicht nur ihr Leben, sondern vielleicht sogar das Überleben der Menschheit abhing.